好好说再见

狄仁六 著

人民文学出版社

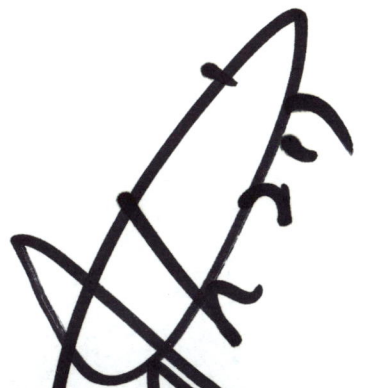

▼

南柯一梦是他，梦萦魂绕是他；碧
落黄泉是他，近在咫尺是他。
喜欢他这件事真的很酷，可他不喜
欢酷，也不喜欢你。

▼

他安然投入下一段感情,你却一年两年也过不好自己的生活。

▼

她瞒着所有人，继续爱了他很久很久。

▼

当决定放弃的那一刻,才发现,终于可以不再爱你了,也终于决定放过自己了。

我希望，每一个人即便有伤心的往事，也能活得尽量不孤独，懂得对自己好。不刻意隐瞒，不竭力夸张，只是真实一点，就像你本来的样子。

Contents

▲ **Part 1** 一别两宽，我不欢喜

我失恋了 / 3
内心戏多的人都是沉默的矫情鬼 / 11
恋爱，改变了你的什么 / 17
等我一个人熬完了所有的苦，就会好了吧 / 22
八字不合的情人 / 26
论真正闺密的具体表现 / 33
喜欢一个人，始于颜值，陷于才华，忠于人品 / 38
你打扮了给谁看 / 43

▲ **Part 2** 他是不是真爱你，一件事就知道了

你病了，他照顾你了吗？ / 51
喜欢就什么都忍了 / 57
请珍惜你的第七根肋骨 / 62
你是我的铠甲，也是我的软肋 / 67

恋爱时讲这句话，比提分手还可怕 / 72

小作怡情，大作伤情 / 77

牢靠的三角，不稳的爱 / 81

送礼物的正确方式 / 85

不分手留着过年吗？ / 90

为什么你说了一堆，他只回了嗯 / 95

▲ Part 3 那个人，为什么不是我

有人喜欢过我，但从没见谁坚持过 / 102

再炙热的爱也抵不过接连的伤害 / 107

这样谈恋爱，永远不会分 / 112

可以穷一阵子，不能穷一辈子 / 116

我也感觉冷，可我不会随便抱别人 / 119

有关于他的十五条朋友圈 / 123

我们是不是就这么散了？ / 132

爱你，才会轻易被你的言语击伤 / 137

装在套子里的人 / 141

相遇那刻，就知道我们不会太久 / 146

天大的委屈都抵不过和他在一起 / 150

▲ **Part 4** 你只欠自己一个拥抱

一边失恋流泪,我也要一边涂口红 / 158

他配不上我 / 162

可以说我很贵,但我从没让你必须埋单 / 166

你选的城市要配得上你的野心 / 170

前男友管你借钱了? / 175

听说没人心疼你 / 180

半夜才撩你的,都没能成为你的爱人 / 185

有些道理你必须懂 / 189

▲ **Part 5** 杀人放火有我陪你

每一场夜都有你的影子 / 196

他爱你,你就是全世界最正确的真理 / 201

谈一场跋山涉水的恋爱 / 206

当你一贫如洗,我是你最后一件行李 / 212

所以啊,后来你找的人都像他 / 217

你问我爱你有多深,负十厘米代表我的心 / 222

真好,你还活在我的朋友圈 / 229

想和你谈个单纯的小恋爱 / 234

一台永远满格电的行车记录仪 / 239

不会 care 那些奇怪的理由,我只在乎你 / 245

Part 1

一别两宽,我不欢喜

我失恋了

2016年2月14日,我失恋了。

那天我刚刚为情人节订了一个蛋糕,可还没送出去,想送的人已经和我说分手了。

他说:"我不喜欢你了,喜欢你太累了,我喜欢不起了。"

他说:"你挺好的,可我真的不想结婚,不能再耽误你了。"

他说:"你太要强了,我压力太大。"

我站在他背后,问他能不能不分手,等等我。

他没回头。

我说:"那你能不能再抱我一次?"

他说:"你看,你就是这么矫情的文青。"

我电话没电了,回家充电后,翻开微信里他的朋友圈,显示出一条横线。

我发了一句:"宝宝。"

收到的回复是:"对方开启了朋友验证,你还不是他(她)朋友。"

我蜷缩在沙发上,抱着自己的膝盖,号啕大哭。

我曾经因为很多事情而感觉痛苦：信用卡的账单如雪花般纷纷飞落，还款的压力让我特别难过；整夜的耳鸣，难以入睡的失眠，让我几近崩溃；甚至有时候看一个感人的电视剧，也能让我难过几天；可有一天当你失恋了，才发现，和失恋比，那些都算个屁。

那天晚上，微博上有一个活动，"2.14你想对他说什么？"

我追热门在深夜三点发了一条微博："我想说，我们其实真的好过。并不是一开始就这样的。"

我们俩真的好过。

他在迷迪音乐节上，蹲下来让我骑上他的脖子，我吃着冰淇淋，他双手扶着我的腿，哼我爱听的歌，大步向前走，哈哈大笑："宝宝，上面视野爽吗？"

他能站在风里等我开会四个小时，我出来的时候，他一脸抱歉地看着我说："宝宝饿了吧？我买的卷饼凉了，你还吃一口吗？"

他能为了给我买手镯刷爆卡，把那个"您的信用卡额度仅剩307元"的短信给我看，说："宝宝，没钱了。咱俩晚上吃饭不能选太贵的行吗？"

他能在打雷了我很害怕的时候，给我发视频，一直唱歌，笑嘻嘻地哄着我："我唱歌声音大点儿，你就听不见打雷了。你睡吧，我给你唱歌。"

只不过，都过去了。

那天晚上夜特别安静。我蹲在家里喝酒，耳边都是他说过的喃喃细语，像我们认识的那年夏天，走在草丛里，有蝉在叫。3点 20 分，微博"叮"的一声，我随手翻过来看，一个男孩给我发了私信："我在微博话题看见你写的，我也失恋了，你想听个故事吗？在这个时刻，在另一个城市，我们要不要抱团取个暖？"

我回："好。"

那个男孩和我说："我因为她学会了做饭，她饭量好小，都是我在吃。所以吃着吃着，日子过得太幸福，就把自己吃成了大胖子。她说我太胖了，她走了。"

我说："幸好，你留下了一手好厨艺。"

胖子说："三年的回忆，一流的好厨艺，还有 70 斤肉，我现在 220 斤了。"

我说："两年的回忆，一流的好脾气，还有几公升眼泪，我现在又瘦了。"

整整一周，我们一面独自和朋友狂欢以便慰藉失恋，一面互相向对方讲自己的故事。第二周，他变成了 230 斤的死胖子，我变成了一个每天能喝一斤酒的黑瘦子。

我看着镜子里的自己，满脸憔悴，眼袋已经快要耷拉到平成白板的胸。想起他说最喜欢的那种女孩，突然难过地蹲下抱头大哭。

我给胖子发私信说："我不能再这么过了。我还是好想他，天天想，喝酒想，不喝酒也想。瓶盖上是他，杯子里是他，包装盒上是他，吐的时候拿过来的纸巾都是他。我得变成他喜欢的类型，然后再去找他。"

胖子那天夜里12点给我回:"我也是。"

我说:"如果到时候我找不到他怎么办?"

胖子说:"那就站在最高的地方,让他来找你。"

我说:"那我要当个作家,把我和他的故事写出来,拍成电影。无论他和哪个女孩走进电影院,看的都是我和他的故事。"

胖子说:"那不光当作家,你还得当编剧,到时候我领着她去包场看!"

我说:"你呢?"

胖子说:"我要当一个全世界身材最好的厨子,每天给她做好吃的,把她养得胖胖的。然后告诉她,即便你胖了,我依旧爱你。"

我说:"咱们俩每天来打卡。"

于是我和胖子每天私信互相打卡。

那些大汗淋漓的时刻,那些冥思苦想的深夜。胖子告诉我他吃了什么,跑了多少公里,今天瘦了没有,用尺子量各种围度变小了没有。我告诉胖子我写了多少字,发给他一篇一篇地看。我问胖子:"我像不像一个搞间谍的,每天在学习摩斯密码?请叫我六特。"

胖子给我发他全身包裹着保鲜膜,里面涂满了瘦身霜的照片,问我:"我像不像一个肉色的木乃伊?请叫我胖姨。"

2月末,我和胖子在严寒冬日里迎来了人生的低潮。

胖子体重始终保持不降了。

我写了很多字,却都被拒稿了。

我问胖子:"咱俩是不是异想天开,不能好了?"

胖子没回我。

第二天胖子给我写了一篇作文,里面一共 28 个例子,从爱迪生 82 岁成名到杨振宁 82 岁娶妻,像 28 条百度百科。后面有一排苍蝇一般的小字说:"我自己写得不好,可他们的事儿都是真的。"

3 月初,我写了第一个干货贴,教女孩子怎么祛痘,竟然很多姑娘跑来关注我的公共账号。我给胖子发私信截图:"胖子,你看,好多人关注我,你也要加油。"

胖子给我回他称体重的照片:"六,我还是没瘦,可我做菜更好吃了。新学了'佛跳墙',你是不是说你喜欢的?有机会我给你做,对了,我打算去正规的地方学学做菜。"

3 月中旬,有一个祛痘成功的女孩给我写了很长一段留言,大概是说她的那一位因为她长痘只肯跟她暧昧。后来她看了我写的关于祛痘的文章,跑来询问祛痘的秘方。如今痘痘好了,那个男孩竟然说要和她公开关系。她说:"六,好看真的很重要。你看我为了他打算祛痘,可成功了,我却不喜欢他了。"

我忽然就想,有一天我会不会也是这般?我成功了,能被所有人在各种朋友圈看到我的文字、我的故事;在书店看到我的书,写着我和他的故事。可我却不喜欢他了。

那天晚上,我写了一篇关于暧昧和套路的文章。胖子和我说:"六,我在朋友圈看见你的文了,我早说有一天你真的会成功。我认识一个女孩,她说她就喜欢胖子,尤其是会做饭的胖子。我不打算继续瘦下去了,减肥太累了。但是你一定要坚持,你有天赋的,我希望有那么一天,你能写我的故事。"

我说:"好。我写了故事,开了美白贴,写了祛痘贴,到处投稿。"

胖子说:"你是有执念吗?"

我说:"对!我希望哪怕他有一天再次恋爱了,他的女友能和他闲聊时说起知道一个姑娘特别励志,还有自己的公共账号,推荐给他看。他看到的那一刻知道是我。"

胖子说:"你心真野。"

那段时间,胖子给我讲了很多那个女孩的事。她愿意陪他去跑步;她会把他买的东西退掉,用钱给胖子他爸妈买东西;她每天都去洗碗,能把胖子做的饭菜都吃光。

我问胖子:"我说你让我写谁的故事?前女友还是现在这位?"

胖子隔了半天回我:"现在的。以前的既然过去了,就不提了。六,你知道吗?我白羊,她射手,我俩真合。星座这事,不信不行的。"

我忽然想起他来。他是金牛座,追我那会儿,一直说:"星座算什么?你喜欢什么星座,我就是什么星座。你喜欢多大年纪,我就是多大年纪。我只想做你喜欢的那个。"

忽然,有大团大团的难过堵在我胸口。我想,我等不及了,我要把我们俩的故事写下来。这篇不行,还有下一篇,总有一篇他能看到。

那天夜里，我看着静谧的月，蘸着稀疏的星星写了一个故事直至朝阳升起，那个故事叫"喜欢就什么都忍了"。

写完的那一刻，我大汗淋漓，喘着粗气，站在窗前看车水马龙经过。

那篇故事被很多账号转发，我在朋友圈看见他的哥们儿转发说："这篇不错。"

我没忍住跑去留言："我写的。"那是分开后我第一次和他身边的人说话。

直到故事发出的第二天晚上，我的平台里涨了5000人。

我猜，还没有他。

我知道只要我坚持一定能行的；我知道越来越多的人看见我了；我知道很多姑娘又跑去后台给我留言了；我知道，总有一天我能站在高处和他说："我变了很多，你还愿意回来吗？"

我和胖子说："胖，我要在十万粉的时候，写一封公开信给他。"

而当天深夜，我收到胖子的私信：

"六，你写的故事我在朋友圈看见了很多次，我相信他也能。最初的目标，你做到了。我不配和你做朋友，你们的事我早就知道。对不起，我认识他，我们俩游戏里认识的。

"你们分手那天，他和我说，他工作太忙了，暂时不适合谈恋爱。你没工作，每天就想着和他发信息、打电话。他累。他看见你发的微博了，知道你一直睡眠不好，但也希望你以后能过好。

他求我帮忙,帮你找个方向,把日子过好。他说,他不能出面陪你,希望我能。

"他承诺给我买一年内所有的限量版皮肤。我同意了。你真的拿我当朋友,我应该告诉你实话。有两件事我没骗你的,我真是个爱做饭的胖子,也真的刚认识了爱刷碗的姑娘。"

我收到这条私信时,是 2016 年 5 月 20 日。

我没给胖子回复。

这一次的凌晨 3 点,眼泪停不下来,耳鸣的声音很大,可不知道为什么,我眼前闪过一幅又一幅的画面,他拉着我的手说:"我喜欢你啊!"

像夏天的蝉在叫。

谢谢你,分手后,让我变成更好的自己。

内心戏多的人都是沉默的矫情鬼

很多时候家中的网总是处于一种不稳定的状态,我只好每次都跑去星巴克写推送。有天隔壁沙发坐着两个女孩闲聊天,其中一个女孩接了个电话,说:"我没生气啊,你还有事吗?你没事我有事。"挂了以后,另外一个女孩问:"你男朋友吗?你为什么不说生气的原因啊?刚刚和我说了那么多。"接电话的女孩说:"他傻啊?他不知道我生气,还问生气没?"

听到这,我满脸的冷汗。明明就是很生气啊,干吗不说,偏要对方去想,对方又不是你肚子里的蛔虫。这不是自己找罪受吗?

似乎很多的女生都有一种自带属性,叫做口是心非。

我,也这样。

分手时,他和我说,和我在一起太累了。现在想想,天天猜我想要什么,确实挺累的吧。什么样的女孩最矫情,就是心里怎么想的从来都不说,偏让别人猜的姑娘!嘴上说的和心里想的根本就不一样。

我那时候天天在家,不工作。他晚上下班接我去吃饭。正在热播《我的少女时代》，我特别想看。

正好吃饭的那家商场就有电影院，

上电梯时，我和他说："想看电影。"

他说："上班好累，能不能周末再看？"

我说："啊，行。"

可是我越想越生气，他明明回家也是在家玩游戏啊，怎么就不能陪我看电影？

气得我说："我不想吃饭了。回去吧。"

他一脸不知所措："你怎么了？好好的为什么不吃了啊？"

我说："就是不想吃啊。回去吧，我不饿了。"

我转身下电梯，他拽着我：

"你怎么回事啊？"

"你别走啊，你说话啊，你怎么了？"

"我开车到你家堵车一个多小时，咱们俩再开到这儿又一个点，就为了跟你吃饭。"

"你不饿吗？"

我不说话，甩开他就往停车场走，他一路在后面说，一路跟着我。回到车里，觉得特别委屈。我在家等了一天，结果想看个电影都不能陪我，玩游戏就行，我还没有游戏重要吗？

他也生气了，一路也没说话。车开到我家楼下，我开门就走了。

我下车就开始哭，哭了一晚上，直到第二天，他来我家楼下道歉。

他看我消气了，问我："你昨天到底因为什么生气啊？"

我特别诧异他竟然不知道！

我说："因为你说不看电影。你都能回家玩游戏，为什么不陪我啊？"

他特别无奈："你如果当时说特别想看，就去呗。我就是坐得累，想回家躺会儿。"

现在想想，不就是一场电影嘛，我不满意就直接说呗。就算今天不看，约明天也是一样的。他开了那么远的车，结果生了一通气，饿着肚子回家，而且连为什么都不知道，换谁都会蒙掉吧。

有时候，我回忆起当初的自己，真矫情！

这种例子简直数不胜数。

有一个周末我想去大连，但他们单位有活动不放假，需要串休，问我能不能等等。我说："没事，那就不去了。"其实我心里一点也不高兴，因为那个周末有BigBang的演唱会，我想去看演唱会。所以在周末，我一言不发，自己买了演唱会的票，跑到大连去了。

他问我去大连做什么，我不说。他也生气，问我怎么不告诉他，自己跑出去也不说一声。我更生气，我都问他去不去了，不去，还怪我？

所以整场演唱会，我一直在和他发信息互相埋怨，看得完全不嗨，而且全场自己去看演唱会的，目力所及就我一个，人家都是情侣、朋友，我超级孤单。演唱会结束，我一个人在酒店住了一晚，感觉自己特别惨，和他一边吵一边哭，把酒店冰箱里的啤酒都喝了，躺在床上就想说分手。

他问我："你为什么不说你想去看演唱会？我怎么知道有演唱会啊，我连他们几个人都没认全。"

剩下就更不用提了：

"今晚想吃啥？""随意啊。"结果吃的不爱吃。

"你想去哪儿？""都行啊。"结果去的地方觉得没意思。

"过生日你想要什么礼物？""随便啊。"结果买的礼物一点也不喜欢。

"圣诞你想怎么过啊？""你说吧。"结果过得一点也不满意。

还有对方明明已经承诺了，却假装客气：

"今晚上我陪你去逛街。""哎呀，不用啦，我知道你忙，我自己就行。"结果真没来，气成了狗。

"你明晚几点飞机？我去接你。""接什么呀，我都这么大人了，你别折腾啦，我能行。"最后真的不来接，打车的时候骂一路。

"晚上我给你做饭吧，你想吃啥？我去准备准备。""做啥饭啊，那么费劲，随便吃一口吧。"结果真没做，随便吃的时候一边吃一边抱怨，"你不说你做饭吗？"

"你想要哪个？我好买。""便宜的就行，省点钱得了。"结果真买了便宜的，买回来以后一点也不高兴。

真的，现在想想，我太矫情了。

明明心里不是那么想的，可嘴上偏要那么说，还要别人猜中心思，猜不中就生气。也不知道自己是哪里来的底气，能有勇气一直期望别人给我惊喜。

我想，以后如果再恋爱，这种低级的错误不会再犯了。

不高兴我就会说："我想让你陪我去看个电影啊！""我想吃火锅啊！""当然是那个贵的包啊！""我希望和你在一起啊。"

所有关系变淡的原因不都是，一个不说，一个不问，更何况问了也不说。

所以，如果还有下一次，我真的不会了。

我熬的每一场夜,都有他的影子在。

恋爱，改变了你的什么

我和朋友说："上次从他怀里醒来以后，就再也没能睡一个踏实的觉了。"说完，朋友调侃我，真酸。我已经想不起来，我们分手的具体画面，那些细碎的表情，那些细密的言辞和语气。

很多时候，时间的沙漏从你指缝里不断带走你烙印在手心的印记。看过更远的山河湖泊，读过更多的诗词歌赋，也见过更伤心的爱情故事，你和他那点事也早已模糊不清。看起来这才是人生。但实际上明明已经记不得当初的痛，却总要留下点小把柄在你的生活中，留下若有若无的一缕印记。

譬如我，留下再也睡不安稳的觉。几小时的睡眠里无数次地醒来，被迫睁开眼睛的那一刻，异常孤独。混蛋的睡眠把我的梦锯成了藕，一节又一节。夜里有腐烂的梦，梦中是重复的人。

恋爱对一个人的影响真的太大了，这种影响很可怕，深入骨髓又潜移默化，你很难猜出是什么时候开始质变，可一旦恍然大悟，却早已是晚期无法治愈。只好悻悻地接受——他人走了。但他却很有可能影响你的一生。

去年年初，我认识的一个女孩失恋了，至今一年又七个月过去了。分手的理由谈不上什么惊心动魄，不过就是两个人相处久了不舒服，开始心生嫌弃，又没有爱到愿意彼此容忍和妥协的份上，于是两人不算客气也没有撕破脸地互相说了再见。

分手时，两个人都郁郁寡欢。可男生这一年多以来，已经又认识了两位暧昧对象，也相过亲，如今和一位女孩子稳定地相处。偶尔聚会聊起时，他也只是蹙着眉黯淡一下，转念就会说："总要向前看的嘛。"

而那位姑娘，如今还是没有男朋友。家里企图给她介绍对象，可她却说完全没兴趣；我们尝试带她出去约会，她也全程划拉着手机，毫无兴致。我们催促她，年纪越来越大，哪有总是一个人过日子的，一个人过久了心要萎缩的，失去对另一半的兴趣可不是什么好现象。

她瞪大了眼睛说："我已经不喜欢他了啊，可我还是不想谈下一场恋爱。我也知道有一个人一起生活会有趣一点，又不是没经历过，吃过糖的人怎么会不知道甜。可我依旧不想，不知道该如何开始爱一个人。也许怕糖再变成黄连。"

他安然投入下一段感情，你却一年两年也过不好自己的生活。

另一个姑娘分手是因为男友劈腿被她发现，她大哭一场，决定从此天涯两端，各走一边。她把那个男孩从微信里拉黑，从电话通信录里删除，用一场说走就走的旅行挥手告别了自己的爱情，潇洒地大步朝天。

有时候我们提及男孩的事情，她也是一张漠不关心的脸。那些小三和前男友吵架的八卦，她也不会侧着耳朵听。当真做到了从此绝口不提前男友的一切事情，我们都很佩服她的果断和彻底割舍的决心，总要拿她当分手的典范。

她照常和我们逛街，吃饭，看电影。甚至后来知道小三和男友分手的事，她也毫无反应。似乎这个男人从来没有来过，真的就从心里蒸发掉了。

姑娘搬家的时候，我去义务帮忙。有一个大箱子她抬得小心翼翼，搬家公司的人搬到车上时，不小心弄掉了那个箱子，她像疯了一样叫了起来。满满的照片、信还有零碎的物品撒落在搬家公司车的前前后后，还有一张纸飘到了马路中间，被飞驰而来的汽车轧过，不知所踪。我帮着她一张一张地捡，看见她边捡边默不作声地哭。

搬家公司的人不知所措地慌忙道歉。她盯着马路中间那张消失不见的信纸，戚戚然的模样让我心里一痛。她和搬家公司的人摆了摆手，意思没事。木讷地坐上车，整个人一瞬间生气全无，如同大病一场。

你瞒着所有人，继续爱了他很久很久很久。

心上的伤结疤愈合，却留下一道磨不平的痕迹，很多时候你在失恋以后才会懂得一些道理。

南柯一梦是他，梦萦魂绕是他

碧落黄泉是他，近在咫尺是他

喜欢他这件事真的很酷

可他不喜欢酷

也不喜欢你

你无数次地幻想随便找一个人谈恋爱啊，可是吃饭会走神，看电影会发呆，逛街会恍惚，甚至你发现随便哪件最简单的事此刻都这么难。你根本做不到。

你走过你们一起逛的公园会哭，听见一起看过的电影主题曲会哭，路过一起吃饭的餐厅会哭，甚至见到你给他买的衬衫的那个品牌也会哭。你会在早起时想他想到窒息，在夜里失眠时眼泪不停地掉，你莫名其妙地哭过那么多次，却没莫名其妙地笑一次。

你拉黑了他的微信好友，取消了他的微博关注，删除了他的通信录。可是你每晚都会打开微博搜他的名字，即便内容没有更新，也要看了一遍又一遍。你在微信添加好友的地方熟练地输入他的手机号，查看他的朋友圈，虽然不过是一条灰色的横线，可是你却看了千遍万遍。

你期望他过得非常好，你又生气他过得那么好。不管怎么样，你都忘不了。

如同现在的我，找另一个环境生活，换另一份工作，接触新的朋友，呼吸异乡的空气。分手后，从电话到衣服、鞋子、包包，都换了新的。可依旧没有睡过一个安稳觉。每一次醒来都能想起在他怀里，有阳光照射的那一刻。

等我一个人熬完了所有的苦，就会好了吧

我和木目去吃饭，那家饭店晚上 10 点半会有老板娘拿着吉他出来弹唱，所以每晚到了 10 点左右，简直爆棚。我们俩邻座是三个女孩，看起来挺可爱的，在那叽叽喳喳地说个不停。

9 点 50 分时，其中一个穿着短裙的女孩开始收拾包包，满脸歉意："我得走了。"

边上的两位不让："再等会儿就开始唱歌了，老板娘唱得特好听，听完再走吧。"

短裙女孩说："不行啊，唱完将近 12 点。这附近的地铁 10 点 16 就关了。"

那两个姑娘还在挽留："那就滴滴呀。"

短裙女孩回："滴滴太贵了。从这到我家，夜里打车要 100 多了。我可舍不得。而且晚上我家附近太黑了，我也不敢。"

其中一个女孩劝她："你看看你，就说让你们对面楼那个男生来接你嘛。他其实挺好的。你一个人的日子过得多苦啊，有他在你会轻松很多的。"

短裙女孩把包背在肩上说："可是我不喜欢他呀。这点苦，自

己还是可以的。也许等把苦都吃完了,就会好起来了吧。你们先玩,我走啦,不然地铁赶不上啦!"

那会儿我正在和一位学长聊天,我问他:"你哪年在北京买的房子,结的婚?"

他说:"你这个年纪。"

我愣了一下,可是我依旧事业不稳定,四处漂泊,而且单身。如同那个着急赶地铁的短裙女孩,奔波是我们的宿命。

我老家在铁岭,是一座小城,并不是我偶像赵本山口中的大城市。兜里装着一把瓜子,边吃边聊边逛,一把瓜子吃完了,半座城市也遛完了。毕业时,爸爸和我聊天,帮我规划:"你回老家吧。虽然是三线城市,不过没有买房子的压力,家里能给你买套房子,再买辆代步的车,你一个女孩子够了。"

但我一毕业,就跑来沈阳,待了两年,如今又想去北京,不停地兜兜转转。我也知道北京买房子贵得要命,没有资格的话居民住宅不能买,买车不能摇号,就算可以摇了也可能要等很久。去了北京,我可能还要挤地铁,和别人合租,不一定哪年才是个头。

我知道会很苦。但我还是想去。

家里听说我不打算继续上班,靠自己在家写稿子来维持生活,都要炸了。我妈一边拍着桌子一边骂我:"你一个月赚三千四千,家里再补贴你一点,你省一点花不也够了吗?现在你辞职了,没有公积金,没有医疗保险,这么不稳定,你让我们操心不操心?"

姑姑、大爷都跑过来劝我，懂一点事，别自作主张。

我也不知道，就靠写稿子能不能赚到钱。我也不知道这么任性地过下去能支撑到哪天，能不能成功，熬出头，让家里安心。还是会淹没在作者的大海里，变成沧海一粟，在三十出头的年纪，默默地回到家，再去找一份工作，为自己的任性埋单。

可我依旧想试试，因为我不想过一眼就看到老的生活。

有阵子失恋。家里人都急了，身边的好朋友怀孕的、结婚的和做好了结婚计划的，如同我一样单身的寥寥无几。我妈又开始掰着手指头数："你现在不着急，找了男朋友再交往几年，就是要奔三的人了。你还要准备生孩子呢！得抓点紧啊，别自己一个人晃了。"

这期间有个男孩对我很贴心，他总是问我飞机的航班、高铁的班次和车次，说来接我。我到沈阳几乎都是夜里11点，他说："太晚了，你一个女孩子不安全。我送你回去放心一点。"可我还是一个人，背着四十多斤重的行李袋，从左肩膀换到右肩膀，一步一步地挪回了家。

我想我不能去麻烦他，给人希望又让人失望。

我也知道，一个人在陌生的城市生活很难。面对已经步入大龄剩女的年纪，压力越来越大，没有很好的经济基础作为保障会让人担心。

我也知道我一个人在家时忽然停电有多可怕，电闪雷鸣窗户坏掉简直不知所措。马桶堵塞，下水道不通只能眼睁睁地叹气。

我也知道一个人去买一口饭回来，慢慢熬一碗粥吃的时候心情多落寞。生病了、感冒了、头痛了、发烧了，想喝一杯热水要自己去烧是多无助。

我也知道每天早上穿着高跟鞋拼命地跑，就怕打卡晚了一分钟会被扣钱那种无奈的心情。在地铁里被人挤来挤去各种香水味、卷饼味、包子味不停地环绕有多难熬。大姨妈第二天痛得要死，也要咬着牙从床上爬起来滚去上班有多崩溃。

我知道自己一个人有多苦，但这就是我的生活。

我不想妥协，不想在一座没有发展、无须拼搏的城市里从二十几岁就开始养老；不想在一个迟到不会扣钱，晋升不看业绩，只是熬年头的单位日复一日地喝茶、工作；更不想因为一时的寂寞、此刻的难过就随随便便找一个人度过这潦草的一生。

所以，我在所有即将熬不过去的时候，蹲下来抱抱自己。

对自己说：也许等我熬完了所有的苦，就会好了吧。

八字不合的情人

我当了他这么多年的情人,我们却八字不合。

我曾写了一个故事,叫做"我失恋了",刷爆了朋友圈,他究竟还是看见了。可他没告诉我,是表妹和我说的。原来他一早就知道了。

那天,我们俩又吵架了,我气冲冲地离家出走,他在门口大喊:"有能耐出了门就别回来!"我一声不吭就跨出了大门。外面小雨缱绻,迈出去两步就淋湿了肩头,我只好蜷缩在走廊里不动。这么多年,我们曾经因为很多事吵架,打得天翻地覆。我俩性格特像,脾气都像粪坑里的石头,又臭又硬。说句实在的,他是我见过的男人里最无理取闹的那一拨。思想腐朽,冥顽不灵。

2016年2月18日,在我分手后的第四天,他给我打电话,张口第一句话就是让我回家。我没敢废话,拖着刚刚分手、宿醉后疲惫的身体滚回了家。

可我不敢告诉他,我分手了,也不敢告诉他我喝多了。他肯定笑话我被人甩了,"你看我说什么了!你肯定嫁不出去吧。"脸上是那副他早就知道的神情。

我推门进屋,他果然阴沉着脸,捧着报纸,坐在那儿,瞄了我一眼,一脸嫌弃地说:"你,那对象别处了。你妈找人给你算命了,他和你八字不合,成不了。"

我一面松了一口气,应承道:"我知道了。"一面又开始鄙视,好歹也是读过书的人,怎么也跑去相信迷信。

可我刚应承完,他又张了口:"陪你表妹出去玩几天,她要去重庆。你别待着了,陪陪她。这么大的人,一点也不懂事。"

什么?我刚失恋我还要出去陪人家玩?我嘟着嘴,闷哼:"我不去。"

他炸了:"你不去?你不去谁陪你表妹去?光惦记自己。"

我的火一下子冲到了头顶:"我自私怎么啦?我就是不去!不去!不去!"

说完,我夺门而出,后面传来他一声怒吼:"有能耐出门你就别回来!"

我和他才是天生的八字不合。

真的,八字不合。唯一像的地方是,我们都倔。

听他老婆说,我小时候特调皮,总是不肯去幼儿园,还喜欢蹬自行车。他老婆本来打算让我在家散养,好好过个童年,可他不同意。他跟倔驴似的,单位都不去了,非得抱着我挨家幼儿园上学,还怕我偷跑,在门口站一整天就为了看着我。

什么人啊，为了虐待别人，自己都不看电视、不看书、不出去吃饭，光围着我转，一点业余生活都没有，烦透了！

三年级时全校流行玩溜溜球和四驱车，一个好的溜溜球45块钱，一辆四驱车200元。全班同学几乎都有了。我找他说我要溜溜球和四驱车。他眼睛一瞪，吼我："买什么买！"过了一周，他买给我，还告诉我，好好练，别白瞎钱。

就算买东西都非得拖一拖才给我买，生怕直接答应了，我就可以高兴了。拖我一个星期有意思吗？这人多缺德。

上初中，我想写小说，这把他气的，说我痴心妄想，天天盯着我去补课。我偏不学，我在老师那儿也看小说。他一分零花钱也不给我，补课费那么贵，却特别舍得。最后我也没考上高中，我说我不想念了，我想去当一名写作者。他老婆骂我败家孩子，挥手说："你愿意干吗就干吗，随你便！"他又跳出来了，指着我骂："神经病吗？你多大，你就不念了？你必须给我上学去。你想念也得念，不想念也得念。"

他根本就不知道什么叫人权！为了主宰我，宁可花高价也要让我去上自己一点也不喜欢的高中。这不是有病嘛！

我十八岁生日，他算是做了一件美事，邮到我们学校九十九朵玫瑰，还写了一封情书，轰动了整个高中学校。他说我是他的情人，成年礼物，人生的第一束玫瑰花一定是他送的。可那封情书，除了说我是他情人那句不错，通篇都是教育我怎么做人的。

连浪漫都是训斥性质的，真是一点也不会哄姑娘开心。

大学毕业那年，我辞了工作，跑回家里说要写作。他抬起胳膊就要打我。我梗着脖子不说话，心想：你打吧，你就往死里打吧！可他又把手放下了，气势汹汹地说："你好好的大学老师不当，要当什么作家。就你那两把刷子，你能当个屁！我告诉你，老子可不养活你。"

你看，一点都不懂得支持别人的梦想，不应该是"没事，我养你啊"这种话吗？

可能是我运气好，我刚写稿子第一个月，就有杂志社要了我的稿子，稿费不菲。我心里暗爽，拿着转账记录给他看，他一脸不屑："就这么两个半钱还嘚瑟？膨胀吧，我看你能过到哪天。"

什么人啊，一句好听的话不会讲吗？都不知道说一句"要继续努力"吗？

这一次，又非得让我陪表妹去重庆玩！我刚失恋，哪有什么心思出去玩。真是倒霉透了。

过了好半天，他才出来找我，对我说："进屋吧，外面凉。"起了身。看着他趿拉着拖鞋的背影，忽然觉得这个脾气暴躁的男人老了。我心里一阵难过，说："我陪她去。"他回头看了我一眼，"嗯"了一声。

那趟出去玩没我想的那么糟糕。我就着重庆热辣辣的火锅一边喊着："真辣啊，辣得我眼泪都出来了。"一边哭了整整三天。回来的时候心情真的好了很多。

他去机场接我，还是那张扑克脸："你不没意思吗？"

我没讲话。

从重庆回来某天晚上,表妹给我发微信说:"姐,我这几天总能看见你写的那个关于失恋的故事。"

我忽然心一沉,糟了,他是不是也能看到了?终究我要被损了。

和表妹抱怨:"完了,我要被损了,你懂的。"

表妹半天才回复信息:"你是说你爸吗?他早就知道啊,他让我带你去重庆散心啊。说过年的时候,你和他说想去重庆吃火锅,怕你跟他放不开,才来求我的。他看到你朋友圈状态的时候,就猜到了。跑来问我,我就说了。他没你想的那么差,只是有点倔。"

是啊,你看你怎么那么倔。

这么多年过去了,改革开放了,咱们家换了房子,换了车,世界变化这么大,可你怎么就一点也没变呢?

小时候我有多动症,我妈都放弃了,可你偏偏不信邪。带着我转了那么多家幼儿园,求了老师求园长,怕我惹祸,就在门口看着我,一动也不动。中午吃口馒头,除了厕所哪都没去过。上小学时,我的病终于好了,你自己在家喝了一瓶白酒,还说开心,可你的膝盖都站坏了。

风里雨里夜里疼得睡不着,你咬着牙一声不吭。你怎么就那么倔。

三年级时家里条件不好,没钱给我买溜溜球,你连为了上班做新衣服的钱都拿出来了。我妈不同意,说你这么大岁数的人了,怎么也得有套像样的中山装啊。你不耐烦了:"中山装像样有什么用啊?我姑娘像样才行啊!我要什么中山装啊我。"

你穿着旧的衬衫、旧的裤子去上班,裤脚都磨起毛了,你连看都不看。你怎么就那么倔。

初中你明明知道赵老师单独补课一节课100块钱,你明明知道我学习不好,叛逆。你明明知道补课我也考不上高中,你还是把烟戒了,留着钱给我补课。我考不上,一边骂我,一边求爷爷告奶奶托关系帮我找学校。

你就是个普通老百姓,你认识谁啊,你求了这个,找了那个,把我送进学校还装得云淡风轻。你怎么就那么倔。

高中你给我买99朵玫瑰,你连一朵花都没给我妈买过。多年不提笔写字,还要写信给我,我妈说你在灯下面写了八九遍的草稿,读了一次又一次,才最终抄了一遍封了口寄给我。我妈说,你读到我是你的情人时,你卡住了。估计是害羞了。

你这么多年都没说过两句好听的,为人木讷又呆板。你怎么就那么倔。

我大学毕业,你一面骂我嘚瑟,说不管我,一面托杂志社的朋友买我的稿子。那些我写的支离破碎的故事都给你私下买走了。我回家和你炫耀,你还装作不知道的样子教育我别膨胀,踏实一点继续写,你什么时候学会演戏了?

你说你,那些故事哪值那么多稿费,你还要请人吃饭。你怎么就那么倔。

这一次，你知道我分手，怕我不好交代，编了算命的说我和他八字不合的借口。可当初，我领他回家时，你明明笑得跟花一样，说挺好的挺好的，对我好就行了。你以为我都忘了？你为了让表妹陪我出去玩，开了两个多小时的车去找她，生怕电话里叮嘱不明白，教她怎么劝我，怎么开导我，临走还告诉她别告诉我。

你看你，你做了这么多事都不肯告诉我。你怎么就那么倔。

我求前男友别离开我，你却求我别难过。

爸，这个世界上最爱我的男人一直在呢，对吧？

你啊，放心好了，我现在真的挺好的。

下辈子，换我养你吧。

论真正闺密的具体表现

我有两位发小与我同城，小圆脸 Faye 和 D 罩杯茶姐，我们最少一个月见两面，出来吃饭聊聊近况。微信有一个群，每天都会闲扯两句。但其实在我心里，这两人的定位截然不同。

她们俩早我一届，所以她们上大学的时候，我还是一条挣扎在高考边缘的高三狗。寒假后，我几乎每天都要补课，为了几个月后的高考冲刺，班级的墙上已经贴了倒计时，压力很大。

那时，家里管得很严，和她俩见面有一定难度。

茶姐每次叫我出去时，我其实很为难，她都会嗲嗔地说："好不容易放假，你还不出来。我和于姨（我妈）说，该出来还得出来玩啊。不然就我和 Faye 太无聊啦。我都想你了，快点出来吧。哎呀，学习不差这两天，你也不会因为这两天少考两分。赶紧的，出来，快点啊。"

Faye 给我打电话时总说："今天补课了吗？学得怎么样啊？模拟考成绩怎么样？你最近在家好好学习吧。要是实在待不住，一会儿我去你家看看你。等你高考完，咱们再玩。先别折腾了，学习要紧。我这有好多我以前考试买的书，你看看哪本你没有，我去你家的时候,都给你带去。玩不差这两天。"

茶姐的态度是:学习不差这两天。

Faye 的态度是:玩不差这两天。

我这人有点傻,大三下学期,男友要创业,钱不够,差了一点,我想了想,觉得喜欢一个人就应该支持他,于是用信用卡给他透支了 3 万。但他后来创业失败又出轨,这钱就搁置了。我那时在出版社实习,一个月工资 800,没存款。我意识到自己做了一件多么傻缺的事。

我在月初还款,临近还款日期时,我和 Faye、茶姐坦白了。Faye 气得对我破口大骂:"缺心眼的事都让你干了,长教训了吧?看你下回还大方不?表诚意也得分对谁呀。这种没担当的男人,日后碰见一次都别搭理。以后也别干超出自己承受范围的事。这就别跟别人说了。到此结束吧。"

茶姐也是气愤至极:"六,你太傻了,这钱应该他出啊!我去要,他怎么好意思啊!六,你等着,我给你要回来。欺负谁呢?真是的。"

我连忙拽着茶姐,"别别别,太丢脸了。俩人也是恋爱一场,因为这么点钱,太丢脸了。别去。我认了,实在不行,跟家里说吧。"

茶姐点头:"嗯,实在不行,就得跟家里说。不然这没法解决呀!信用不能坏,不然以后很麻烦的。如果你真的不想我去找他,就跟家里说吧。我去陪你说,省得你挨骂。"

那天晚上,Faye 管我要卡号,给我打了两万。那是她这学期剩余的生活费。加上我月初的生活费和寝室同学借给我的钱，把账都还了。那以后的一个月，我和 Faye 都是在学校食堂里吃六块钱的面条过去的，直到我下个月又有了生活费，分给她一半。

Faye 没和我提那两万块钱。我过了很久很久，才还给她。她也没当着茶姐的面说起过这件事。

前一段，对，我失恋。我在朋友圈里删了前男友的照片。
晚上茶姐和 Faye 问我："吵架了？"
我说："分手了啊。"
茶姐打电话过来问我失恋的原因："怎么回事，因为啥啊，不是好好的吗？"
那时已经临近 12 点，我大概讲了讲，茶姐听完打着哈欠说："别伤心了啊，把自己气坏了不值当的。赶紧睡觉吧。听话。我明天要上班，我也睡觉了。晚安，么么哒。"
挂了电话，我才看见 Faye 的微信："你能睡着吗？我去你家找你聊天啊。我们好久没彻夜聊天了。"
我回："不用啦。没事的。我都多大了，失恋算个屁。"
她没理我。可过了 40 分钟以后，我接到她电话："我在你家楼下，上不去，给我开门啊。"
我在门口等她，看见她披头散发，穿着睡衣进来，手里拎着两瓶酒。
我们俩躺在我家里沙发上半天也没人说话，她忽然回头问我：

"还能和好吗？"

我说："不能了吧。"

Faye 把那两瓶酒打开说："我买了很久了，没舍得喝，咱俩干了吧。你要是没啥事，明天咱们俩出去玩啊？我跟领导请两天假。"

我举起杯，问："去哪儿？"

她说："随便找个城市的动物园啊。你不就喜欢逛动物园吗？"

她陪我回了一趟大连，我们俩闲晃了两天。从头至尾，她没问我分手的原因。

我忍不住问："你不想知道啊？"

她斜着眼睛看我："知不知道不重要啊。你提一次想一次才闹心吧。"

茶姐更多的是关心事情本身，Faye 关心的是我。她们俩都是我的发小，但在我心里性质完全不同。茶姐是我的玩伴，能一起享福，不能一起共苦，可以聊天，可以吃饭，可以搭伴旅行玩乐，可我不能指望她在我需要时搭一把手，帮一个忙。

而总有那么一个人，她在你所有狼狈又难堪的瞬间出现。她也许不多言，也不八卦，可她让你特别踏实。似乎全世界都背叛的瞬间，转身还有她的背可以靠一靠。在我心中，这个人是 Faye。

其实，人有时候遇点挫折是好事，除了自身的领悟，这时你才会知道身边还有谁。我有很多玩伴，却有为数不多的朋友。定义就是：你闭上眼睛想一想，当有一天，她遇到了困难，你愿不愿意因为帮助她而降低了自己的生活品质，如果你觉得心甘情愿，这才是朋友。

我希望能做别人这样的朋友，而不是聊聊八卦的玩伴。玩伴可以随时改变，朋友却是一生的羁绊。所以在朋友遇到困难时，我都会先考虑朋友的状况，如何能帮助她，而不是满足自己的好奇心，或者说说空话，表表态度。做一个愿意真心从朋友的角度去思考的人，才能换来真的朋友。

毕竟友情无价，我想这就是最好的体现。

喜欢一个人，始于颜值，陷于才华，忠于人品

▲

· 喜欢一个人，始于颜值，陷于才华，忠于人品 ·

这句话是白白告诉我的。

一次我喝多睡在她家里，她一大早七点多就把我摇醒，举着手机给我看，尖叫着说："六啊六！你看说得多对啊，这不就是我和学长吗？简直是为我俩写的啊！你咋没这种水平？"

气得我心都要炸裂了，吵醒我就是为了损我？妈的，什么友谊。

她男朋友是她的大学学长，秀恩爱虐狗好手。

· 脸决定了我的一见钟情 ·

你们有没有过，初入学校，喜欢那种需要你仰视才能看到的学长？我和白白都有过，那是大学迎新晚会时的两个男主持人，我俩是坐在台下草地上观看的那一拨，远远望去，那两个主持人简直都棒呆了，有一种面对偶像的既视感。

我俩穿着丑巴巴的军训服，戴着军训帽子，晒得黑成了狗。

白白用胳膊肘碰我胳膊，问我："你看那俩主持长得怎么样？"

我点点头说："好。"

她又问我："你觉得哪个更好？"

我看了半天："不戴眼镜的，我近视，近视眼遗传，我想找个眼神好的平衡一下。"

她特兴奋："我怎么觉得戴眼镜的更帅呢！你听听那小嗓音，跟新闻播音员似的，全是磁性，听了都想哭。挺好，不戴眼镜的给你，咱俩不用抢了。"

那天晚上，两个怀揣春梦的意淫少女就这么决定了大学里的第一次萌动。

因为迎新晚会是艺术团主办的，我们俩晚会一结束，马上跑去屁颠屁颠地报名进艺术团。我仗着小时候学了几年的快板，当着一屋子人的面，表演了一段花式单口相声。

题目叫："我是一个兵"。

听得大家目瞪口呆，当时我没感觉这有什么不和谐。可后来我成了学姐，已经叱咤校园时，才幡然悔悟，人家女孩去报名都是礼仪部、声乐部、舞蹈部，艺术团成立十多年了，就碰见我一个去了打快板的。

我打完以后，白白一脸木然，装作跟我不熟悉的样子，直接报名后勤部了，然后一本正经地跟我说："这位同学，请问你还和我一起回去吗？我们好像是一个寝室楼的。"

而令我们两个少女怀春的那两位学长果然都在，我看上的是主持部的，白白喜欢的眼镜学长在舞蹈部。

我和白白凭借积极参加活动的高涨热情和艺术团的人混熟得特别快。后来，我喜欢的眼神好的学长真给我发信息了，说我的才华很吸引他，能不能帮他写个线上的英语作业，我特别愉快地就答应了。但是我写了两周的线上作业才发现，他几乎给全团的新生姑娘都发信息了，长得美的压根儿不用帮忙写作业，而像我这样的，高数、英语、专业课、活动课的作业都分配到头上了。

可他没给白白发信息，因为戴眼镜的学长对白白有好感。虽然我看中的是个渣男，但他还算是个讲义气的朋友，没碰自己哥们儿看上的学妹。

· 才华决定了我的满腔深情 ·

白白被眼镜学长迷得死死的，每天回寝室第一件事就是和我们说："学长简直是全能王，会打架子鼓，唱歌也好听，还能主持，尤其是跳舞简直太酷了啊！"坦白说，是挺帅的，在大学会跳舞的男孩特抢手。每每有活动时，音乐一响，台下总围着一群沦陷的姑娘，眼镜学长是当时舞蹈部部长，带着部员天天排练，虽然像粗糙版本的韩国组合，但只是包装粗糙，技术水平却是棒呆！

艺术团每次聚会唱歌感觉5个麦都不够用，因为唱歌好听的太多啊，可是眼镜学长虽然是舞蹈部的主力选手，唱歌竟也有两把刷子，和声乐部的学长学姐一样，飙高音也会唱，低音更没问题，张学友的《慢慢》简直是拿手好戏。

很多人喜欢眼镜学长，我知道的就有好几个，每次一提起来都是满满的崇拜感。他不是那种耍帅型的痞子，他的英语非常好，专业课学得超级认真，秒杀我们这种学渣，还一直叮嘱白白："你不能太调皮哦，要认真才行！"临考试要拽着她去图书馆画重点，萌化了我们众少女心。

·人品决定我愿许其一生·

再后来，他们俩发生过特多的事，其中有三件事让我们印象深刻。

第一件事，眼镜学长的前女友来找过他一次，先斩后奏，跑来大连以后才联系眼镜学长，结果眼镜学长的做法是，告诉了白白，和白白说："一个女孩子来大连，我不可能不管，总要安排一下住在哪里，但是前提是你不会难过。为避免你会吃醋，我希望你和我一起去啊。"专一又贴心。

第二件事，母亲节时，他订了两束花，写了相同的祝福语："妈妈辛苦了，祝您青春永驻。"下面落款写了白白和他的名字，白白美滋滋地和自己妈妈说："收到学长送的花了？"而学长却和妈妈说："花是白白买的，一直追着我要地址。"孝顺又会做人。

第三件事，学长本来打算毕业去北京，他是计算机专业，和已经毕业的学长联络好实习公司，待遇还不错；但因为白白计划留在大连,他放弃了北京的工作,在大连重新找了一份,说这样白白毕业时,就可以稳定下来了。懂得什么是责任。

白白的死心塌地也算碰见了一位好人。现在他们俩都结婚啦!

我在微博上看到一段话非常棒:荷尔蒙决定一见钟情;多巴胺决定天长地久;肾上腺决定出不出手;自尊心决定开不开口;而最后现实和寿命,决定谁离开谁先走。

我们选择一位恋人的标准不正是如此吗?脸决定了我们会不会第一眼就喜欢上这个人,而内涵决定了我们会不会一票否决他的脸。

所以呀,好看很重要,不然你可能连被人看到内涵的机会都没有;而个人魅力更重要,这取决于我看你的脸蛋儿看腻时,还会不会愿意继续被你吸引;人品当真是重中之重,再优秀的才华也比不过锅碗瓢盆、柴米油盐。人的命只有一次,谁不想找一个最让自己信任和甘心的人。

我见过所有的长久爱情,最终都不是好看带来的激情、才华带来的热情,而是我对你这个人啊,甘心认了,认命和你过一生。

你打扮了给谁看

我有一阵子真的真的很邋遢。头发太长不想洗，戴帽子，随便绾起来就出门；高跟鞋丢在一边，穿一双拖鞋趿拉着好多天；裙子也被我抛弃在柜子里连看都不看一眼；只穿运动裤，白 T 恤，背着一个大包，里面放着电脑和插线板，在星巴克一坐就半天，写文。

所以啊，就更不用提，已脱落一半的美甲，头发染完以后又长出了拇指长短以及恨不得连洗都懒得洗的蜡黄脸，化妆这个词也已经离我有几亿光年远了。

我的想法是：我就在家对面的咖啡厅，步行不过 5 分钟距离，还处于安全感范围内。不用打扮啊，好麻烦，而且就我一个人，打扮给谁看？还不如快点去，早点进入工作模式，匆匆写完回家躺会儿来得舒坦。

可我那天照例到了咖啡厅，走到平时坐的那个位置，忽然发现对面沙发上坐着一个男生长得好帅啊，就是那种一眼看上去就会让人心动害羞。至少在我看见那一刻，我心多跳了好几拍连从走廊走到座位这几步路的姿势都变了，明显感觉到自己有多么做作,不是故意的,而是一个女生见到异性体内的荷尔蒙分泌作祟的结果。

说真的,每天我都坐在那张固定的座位上,根本不会在意自己是个什么姿势,平时一会儿单脚抬上来,一会儿又蹲下去,腿酸了又重新坐上来,哪怕高兴了蹦起来转个圈也毫无所谓。

可是那天完全不行,我整个人就是那种被打了蜡的雕塑。坐在那的时候小心翼翼地挺直了后背,连脚尖都几乎绷起,打字还不自觉地翘起兰花指,会偶尔拨弄头发。这些行为都是我不由自主的。

我根本不管键盘上敲的是什么鬼,一直忍不住用眼睛偷瞄他,心中只在不停呐喊:"快来管老娘要电话啊,我在等你啊,你要我就会给啊!"

可那个男生坐在那半个小时,从头到尾,只有在我刚刚坐下时,扫了一眼,连两秒钟都没停留就再也没看过我,离开时也是径直走过。

恰巧闺密发来短信,问我在干吗,我说咖啡厅码字啊,她打趣说:"星巴克没有好男生吗?你天天去,也没人搭讪啊?"我刚想回复:"谁知道怎么回事,竟然从来没人跟我搭讪!"

可一转身看见了反光玻璃中的自己,蜡黄的脸色,邋遢的着装,凌乱的头发。赫然发现,如果我见到这样的女孩,直观印象:这真是一个不尊重自己的人啊!

天哪,谁会搭讪一位这样的姑娘?连我自己都要嫌弃自己三分。

我的感觉很糟糕，迫不及待期待第二天的到来，好挽救自己的形象。第二天，我用心打扮过，依旧在星巴克坐了一下午，心中暗想：如果我再能碰见他，我一定去要电话，问他可不可以微信好友啊。可那个男生却始终没来。在那一刻我改变了想法，你对自己的疏忽和懒惰不一定会在什么时候回报你，所以千万别用侥幸和糊弄的心理对待一切，尤其是自己。

这个世界上的很多事情并非按照你想象的那样发展，总有一些不经意的意外会出现。当你准备得充分时，这些意外就变成了你的惊喜，而若你没有准备时，这些意外就变成了遗憾。

可能我们都听过一句话叫做"女为悦己者容"，所以在没人欣赏时，一个人习惯了，我们就容易变得懒惰、懒散、不爱打扮自己，会有一个想法由心而生："我打扮给谁看？"

这样的人又何止我一个？这样的事又何止这一件？

我自己就发生过无数次这样的事。

头一天大家明明在群里发了一篇论文，但是我懒得看，结果第二天开会时，竟然来了一家很牛掰公司的 HR 总监顺道进行初面，我也就此错过了发言的机会而没办法去二轮面试。

和闺密一起去参加做马卡龙的课程，懒得做就糊弄了一下，但是最后负责那堂课的老师说，挑选最精致的一盒马卡龙在下午的签售会结束时送给我很欣赏的一位老师，这事又跟我没关系了。

穿着拖鞋，戴着眼镜去朋友的公司等她拍照，到了那才听说下午有我最爱的明星在，我可以跟着去蹭一面。可我实在太难看了，生怕留下什么坏印象，硬生生地没有去，一下午坐立不安，急得托别人给我拍现场照片。

回头想想，那些被我错过的遗憾皆是源于不经意的缘分。

读陶杰的《杀鹌鹑的少女》时，有这么一段话：

"当你老了，回顾一生，就会发觉：什么时候出国读书，什么时候决定做第一份职业，何时选定了对象而恋爱，什么时候结婚，其实都是命运的剧变。只是当时站在三岔路口，眼见风云千樯，你做出选择的那一日，在日记上，相当沉闷和平凡，当时还以为是生命中普通的一天。"

是啊，我因为前男友和我分手，某一个瞬间决定开设公众号。那天没有什么狂风暴雨，也没有太阳西升东落，只不过是随便翻开电脑时，随便浏览了几个网页，又随便地注册罢了。可现如今，却成了我的职业。

是啊，那天沈阳没有洪涝，更没有什么多年未见的酷热。我不过像往日一样，随便走进那家咖啡厅，穿着随便的衣服和随便的鞋，点了一杯随便的抹茶拿铁，却很可能错过了下一场一生的缘分。

所有的缘分都不会提前告诉你，警示你，给你什么预兆。你只有每一刻都好好准备，才能不错过每一次的机会。

毕竟人这一生所碰到的事情，本来就不完全是自己说了算的，更不会按照自己设计的路线前行，稍纵即逝的不仅仅是感情，还有偶尔捕捉的命运。

你没办法要求一位很有魅力的异性包容初遇时你的邋遢和糟糕的外表；你也没办法要求一位牛掰公司的 HR 总监原谅你对于论文报告的一无所知；你更没办法要求你喜欢的老师改变签售时间好让你可以重新做一份马卡龙。

我的老家有位艺术家叫赵本山，他演了一个小品里面有这样一句话，朴实但是真诚：

"你以为地球都围着你转，你是太阳啊？"

Part 2

他是不是真爱你，一件事就知道了

你病了，他照顾你了吗？

我邻居下午来敲门。我打开门，吓了一跳。她脸色蜡黄，嘴唇灰白，连挺直了后背走路都做不到，弓着腰站在我家门口。我赶忙把她扶进来问她怎么了，她说发烧了，家里没药，太难受了。

我脱口而出："你男朋友呢？出差了吗？我家有药。不行我们去医院？"

以前在电梯里，我见过她的男朋友，拉着她笑嘻嘻的，很甜蜜啊。其实我们并没有熟悉到那种可以互相帮忙的地步，在我的印象里，生病这种事不是第一时间应该找最亲近的人吗？

她忽然有点哽咽："我给他打电话了，他说回不来，晚班加夜班，让我自己想办法。"

我真的很诧异。邻居已经明显撑不下去了，我摸了一把额头，特别烫，最后我扶着她去医院输了液，出去给她买了粥，忙活了整整一下午加一晚上。第二天早上她才退烧。回家的一路，她一直说："不好意思啊，麻烦你，真的不好意思。昨天实在难受，你离我最近，我太慌张了，就直接过去敲门了。"我摆摆手表示没事。

而她那个电梯里很恩爱的男朋友,从头到尾没露面,甚至没打一个电话。

有天去按摩,同去的还有一对情侣,女孩看起来精神萎靡。上楼途中,她男友一脸嫌弃地问:"你今天怎么不洗头?油腻腻的!"女孩的声音有点委屈:"我难受,昨天晚上睡得太差了,现在头很疼,牙也疼,我大姨妈还来了,痛经。"

男生又说:"那你也不能不洗头啊,你看看你出门也不化个妆,眼袋这么大,眼圈都是黑的。也不光是咱们俩,还有别人呢。"我和同行的另外两个人没说话。女孩显然也不太高兴了,"那我确实难受啊!你睡得死死的,我就睡了三个小时。你说按摩我就陪你来了,现在走路都头重脚轻的,你怎么还挑剔啊?"

男生没回答女孩的问题,继续指责:"你看看六,都是姑娘,人家还知道穿双高跟鞋。你看看你穿的,平时好看的劲儿哪去了,这会儿多丢脸啊!"姑娘抱歉地看了我一眼,她男朋友说什么,她都没再讲话。

我真是恨不得冲他喊一句:"拿我举例子干吗啊?"痛经是很多女人的噩梦,我特别理解那姑娘。我也痛经,肚子疼到想哭。听说严重的姑娘每每到了那几天,还会想吐,坐立不安,躺在床上也难过,坐起来也难过,哪都不想去,只想赶紧结束。

我觉得姑娘真的是人好,如果是我,我可能压根就不会出来。

我痛经,我头疼,我牙疼,我难受,你一句安慰的话从头到尾没讲过,还在那数落我,我要你干吗?

我的小外甥女出生,我去了一次医院。我姐是在公立医院生的孩子,床位很紧张,没有预订到独立房间,两人一间已经要放鞭炮庆祝了。姐夫让舅舅舅妈看着孩子,他伺候姐姐,一直守在边上。旁边床位的那位大姐老公眼睛几乎没离开过自己刚出生的儿子。

旁边大姐是剖腹产,说:"老公,有点凉。"她老公像没听见一样。根本没有反应,还是我姐夫去关了中央空调。舅妈在一旁小声嘀咕:"刚生完孩子不能着凉,以后容易留下病根的。"

只允许住院三天,就要搬到月子中心去了。这三天我一直陪着姐姐,旁边床位的那位大姐老公,一直陪着他们家宝宝。听见那位大姐喊:"渴,没水了!"她老公又盯着孩子看了半天才过去匆匆倒了杯水,马上又看他的大宝贝儿子去了。大姐说:"上厕所,你去喊妈扶我一把。"她老公又是半天才动地方,嘴里还叨叨着:"事真多。"

出院那天,姐夫给姐姐捂成了一只熊,姐姐哭笑不得,嚷嚷:"不至于呀。"走的时候和隔壁的大姐打招呼,能听出她发自内心的羡慕:你老公对你真好。

老萝的事你们都知道。她就是那种体弱体虚的类型,痛经,而且失眠多梦。她男友每天晚上都要给她打水泡脚，放了中药在里面，就算出差也会叮嘱她，让她自己别忘了。每隔一个星期给她泡一次燕窝，把一周要吃的量都泡出来，然后煮给她吃。

以前她痛经的时候，热水袋、暖宝宝、红糖水都一定为她准备好。有一次老萝重感冒，他在外地出差，恨不得马上飞回来，一晚上给我打了7个电话，问老萝怎么样了。我简直崩溃，问他为什么不给老萝打，他说啥？怕老萝睡着了把她吵醒了。

他从来没嫌弃老萝感冒时不洗头，脸色发黄，也从来没有不闻不问。

我姥爷有糖尿病的后遗症，如今年纪大了，症状愈发明显，必须有人照料，一直都是姥姥亲手伺候他，不假他人之手。我妈怕姥姥辛苦，和她提过很多次，找人一起照顾，姥姥从来不同意，说别人伺候，哪有她精心。

人吃五谷杂粮活着，哪有不得病的。"病来如山倒"一点没错，哪怕就是个小小的感冒、胃痛，也让人难受得抓心挠肝。找一个人，究竟是不是真想好好和你过日子，能和你一直走下去，就看你生病的时候他怎么做。

如今我们才多大的年纪，现在都不肯照顾，都不当回事，还能指望老了以后和你相互扶持？怎么可能！所以啊，你有病时，最难看的样子他不嫌弃，他知道心疼你，懂得照顾你，才是真的爱你。

病床前面见人品，嘴上说出三千句我爱你，也不如病床前的一晚陪伴，那不是简简单单的多喝热水，是真的需要发自内心的关心才能去好好照顾一个人。

所以，他到底爱不爱你，你生病的时候就知道了。

▼

一段好的感情一定是相互妥协的,人不是拼图,生下来就残缺一块,等着另外一块来填补。

人啊,都有自己的性格和喜好,可愿意彼此为了对方而不断打磨成圆,抱在一起才能不痛又取暖。

喜欢就什么都忍了

▲

我不爱吃鱼,可你喜欢,所以你在火锅里涮了鱼,我也不会觉得腥,因为火锅里都是你的味道。

我说我喜欢晚一点睡觉,于是你改了作息,每天陪我聊天到凌晨,我问你困不困,你总说,陪我怎么会困。

谁说狮子座不能爱上金牛座?

那都不重要,我喜欢你,才重要。

听起来特矫情,但彼此妥协才是爱情啊。

邻居请大家去家里吃饭,他女友冲他要烟,他很自然地拿给他女友,顺道点着了火。这个行为让我特别诧异,因为他曾经信誓旦旦地讲:"我平生最接受不了女朋友两件事。1.抽烟。2.赌博。"

后来我问他:"抽烟已经跨越了你的底线,怎么这一回你也同意了?"

他眯着眼睛说:"那能怎么办?她喜欢啊。相比女孩不抽烟这件事,我更喜欢她啊。"

再以后,同他和他的女友混得熟了。我同他女友聊天:"他曾经掷地有声地讲过，不喜欢抽烟的女孩，但还是让你给降服了。"他女友也是那副眯着眼睛的表情说："我知道他不喜欢啊。所以以前一天一盒半，现在半盒。我在慢慢戒。虽然他没说过让我戒了。"

一段好的感情一定是相互妥协的，人不是拼图，生下来就残缺一块，等着另外一块来填补。人啊，都有自己的性格和喜好，可愿意彼此为了对方而不断打磨成圆，抱在一起才能不痛又取暖。

"妥协才会长久。"这句话是一个男孩教会我的。

我是典型的狮子女，喜欢光环围绕，专注穿衣打扮，不懂攒钱，特爱面子，走在街上恨不得能高傲地让人们都回头看我一眼，成为焦点。

之前看过一个段子调侃狮子座：进了一家奢侈品店，随便拿起一裤衩问服务员多少钱，服务员用一种轻蔑的语气告诉你一个咂舌的价格，飘向你的眼神赤裸裸宣告着你买不起。你马上就能跑去边上医院卖肾，回来把钱拍服务员脸上告诉他："给老子包好了！"

卖肾装×买裤衩的描述，我觉得那就是我。

有一段儿时间，我特傻，每天研究星座、血型、属相、五行，把自己弄得跟一算命先生似的。可我偏偏遇到一个金牛男。

一开始，我就觉得我们俩不合适，金牛是出了名的理财高手、谨慎派代表人物。我每天大手大脚，性子急躁干脆。生活习惯风马牛不相及，这日子怎么过？还不得三天一小吵，五天一大闹。可他又确实很优秀、上进、努力、坦诚而且真实，这些优点都很吸引我。

我就想：先试试吧，总得试试。

我们俩果然总是吵架：他买鞋会因为排队又需要加钱而死死盯着官网的发行时间，算准了去抢购。我不会，我觉得麻烦。

他买电脑要查数据，看内存，技术点评和网友评价。我不会，我就喜欢漂亮的。

他停车会觉得商场楼下一个小时十块钱太贵，而停在门口的露天停车场，一个小时五块。我不会，我嫌走路远。

他买水果都会对比两家精品超市的价格，下次只去价格实惠的那一家。我不会，哪儿方便去哪儿。

所以别人问我："你们俩怎么样？"

我总是很困惑。怎么答？确实矛盾很多啊。

那年我生日，他拉着我去商场挑选生日礼物。在一家首饰店看见一款我特想要的手镯，真的喜欢很久了，一直舍不得买，因为太贵。所以我就用眼神撩了一下，说："没什么喜欢的。走吧。"

他说："好，那再转转。"我们俩到楼上店铺买了一件棒球衫，他说："你就要这个吗？"我点头说："是啊，这不挺好吗？我喜欢很久了啊，但是一直没舍得。"我说出了内心对手镯的那套潜台词。

回去的路上，我就在想，我是多么好面子的人啊，自己送自己的生日礼物也是一个秀款的包啊。现在他给我选的机会，却选了一款棒球衫。如果别人问我，你男友给你买了什么礼物，手镯和棒球衫的差距是多大呀！可我怎么丝毫不觉得这件礼物有多么拿不出手？为什么我反而挺高兴呢？

恍然我发现，我应该是真的喜欢他，所以愿意为了他，降低自己的标准。

第二天，他来找我吃晚饭。云淡风轻地把那款手镯拿出来说："送你啊。这才是礼物。"

我当时吓坏了，我问他："你怎么知道我喜欢这个？"

"你给我提过啊，刷微博的时候，你看见了还和我说好喜欢。我昨天拉着你进去的时候，你多瞄了它好几眼。我看见了。"

他自己舍不得花十块钱去停车，舍不得多加 200 块钱排号买鞋，买电脑要买性价比高的，可是却舍得给我买手镯。要知道他是金牛座啊！

这件事最后的结局是，那天晚饭结束，我拉着他跑回店里把手镯退了。坦白讲，对于面子大过天的我来说，那是我第一次好意思，厚着脸，不是因为质量问题而跑回店里退货。

我下了特大的决心走进店里，是因为他的钱比我的面子重要。我用手镯退回来三分之一的钱在那家店买了一对对戒，剩下的退回他卡里了。

虽然我们早已因为一些原因分开，双方都很遗憾没能走到最后。可他对我说的话，至今我都记得。

"哪有那么多的合适不合适，谁没有年轻气盛的时候，彼此都磨圆了，抱在一起就不疼了。"

"我多磨一点，让着你。看来之前攒下的，都是等着给你花呢。"

我为了他放下了我最在乎的这点面子，他为了我放弃了他最坚持的性价比。

金牛和狮子，在星座里来看，多么不搭调的两个星座。可是不也在一起了，不也挺好的。

文化水平、性格因素、身高差距、年龄大小其实都不是多么大的问题，重要的是，双方有没有一颗为对方着想的心。

你爱吃辣，我爱吃素，我们就做两个菜好了；你爱看电视剧，我喜欢时事新闻，今天我陪你看电视剧，明天你同我一起看新闻。

重点是，你愿意为了我退让，我心甘为了你包容。

所以现在的我，什么也不信，就信自己的心。如果我看见你的一瞬间心偷偷漏跳了，我知道我是喜欢你的，这就够了。

请珍惜你的第七根肋骨

▲

有一天我的公号推送第三条,是个设问。

对女人越好的男人越有钱?

点开后是赫然两个大字:是的!

后台又一次炸了,不少女生默默点赞,留言和我说:"对!"

也有不少男孩跑过来问:"你凭什么这么说?"

我想从两点来说。

· 第一点是:为什么我们要对女人好? ·

我姑这辈子就喜欢两件事:喝酒,旅行。

姑父说:"旅行,你就去。喝酒,我帮你准备。"

他给姑姑在郊区买了一个小院子,自己挖了一个地下酒窖,这么多年无论到了哪里,总记得带酒回来。现如今,那个小酒窖里几排架子上摆满了酒。姑姑总在那个院子请人吃饭,带朋友参观那个酒窖,满满的骄傲:"我们家老刘非要弄的。"

姑姑做得也让人佩服,每天把姑父穿什么都搭配好,家中料理得井井有条，从来不让姑父操心。亲戚谁家结婚，谁家要去祝寿，过年访友带什么礼都安排得明明白白。姑父总说："让我操心这些事，可要命了，幸亏有你姑姑。"

我想，正是他对姑姑的好，姑姑才会这么用心打理这个家。而也是因为姑姑把家庭安排得十分妥当，姑父才能集中精神，更有动力去赚钱。

一个男人成功的标志之一就是：能让自己的女人过得好，让她实现"自我价值"。

什么叫实现自我价值？

她愿意上班，就去上班；她对插花感兴趣，就去学习插花；她是个吃货，就去钻研美食；她什么也不喜欢，就喜欢花钱，那就赚钱给她花。

说来说去，不过一句话，她喜欢干什么就干什么。

别让女人的赚钱成为家中的雪中送炭，应该让女人的赚钱成为她自己经济上的锦上添花。想要做到这一点，绝非上下嘴皮子一碰的夸夸其谈。最重要的是有这种能力和经济基础。姑父做到了，他的背后也有姑姑的影子。

我想，聪明的人都应该做自己擅长的事。

每个人都会有自己擅长和短板的领域。比如我，对于电子类、网络类的东西一窍不通。家里的 WiFi 坏了四天，手足无措，宁可天天跑去星巴克蹭网，也不知道怎么处理。比如姑父对于做饭、洗衣、带孩子、拜访亲戚这些事也显然不擅长，他更擅长的是在外工作。

对于大部分的男人来说，操持家务，整理家中的大事小情大多是男人的短板。也许花费在家中琐事上 20 分钟的精力，等同于他在工作中集中精力工作两个小时，而这两个小时很有可能会创造出四个小时的经济价值。

而一个好女人的作用在此刻就体现得淋漓尽致。她能让你避免浪费这耗费两小时精力的 20 分钟，而去创造 4 小时财富的价值。

那么，男人是不是应该对她好？是不是对她好，让她有动力做好辅助，男人才有时间去赚钱？这是不是就是对女人越好的男人越有钱了？

《三国演义》中有这么一段：曹操乌巢烧粮草。袁绍手下谋士许攸因计谋不被采纳，家人又因贪赃被审配捉拿，于是叛袁投曹。许攸投曹，为曹操带去袁绍粮仓乌巢守卫空虚的消息，曹操立刻亲自带兵，火烧乌巢。守将淳于琼在醉睡中突遭曹军袭击，军心大乱乌巢丢失。这就属于兵法中有名的——釜底抽薪。

你找了女朋友不是为了有一个小家，为了这个家去奋斗吗？

家就是这场战役中如乌巢一样的粮草之地，命门。而女友就是那个让我愿意把后背交给她的战友。这就是：我在前面披荆斩棘，冲锋陷阵，你在后方保我安心，治理整顿。

你不对她好，你对谁好？

第二点是：什么样的男人会对女人不好

对女人不好的男人大多自卑，无能。

王小波讲过一句话："人的一切痛苦，本质上都是对自己无能的愤怒。"

因此，很多时候人的愤怒来自于情绪的延续性。

听说过几个家暴的例子，都是男人在外面混得不怎么样，回家拿自己的老婆孩子出气，喝一点酒，借着酒劲儿，大发雷霆。转身出了门，碰见给他钱、让他能混口饭的，又鞠躬哈腰，像个孙子。

我对于所有有家暴倾向并且已经动手的男人表示："你真垃圾！"

人只有两种心态时，才会有这种表现。一个是，在外面被人看不起，所以回家寻求满足感；另一个是，在外面我本来就低声下气，遭人白眼，回家你还不让我当大爷，拿老婆撒气。

第一种就是无能的表现，而第二种就是所谓的坏情绪延续性。能够掌控好家庭和事业的男人从各个方面看起来都如沐春风，会及时把这些心理转化成对自己的激励和动力，而不是对家庭的暴力释放。

对一个人发自内心的爱是源于相互的感情而彼此关怀，绝非冷落和暴力。一个对自己女人都不好的男人，成不了什么大事。

《圣经》里说，上帝创造了男人，但怕男人寂寞，就从男人身上取下了第七根肋骨，创造了女人。

你对你自己的肋骨都不好，这不是自残行为吗？

我活这么大，还没听说谁自残能特有钱的，呵呵。

你是我的铠甲，也是我的软肋

▲

我有一次特别短暂的出行。

北京周边，两天一夜，玻璃栈道，打算挑战一把自己的勇气。

同行遇到一位姐姐，几乎刻薄成性。别人路过撞了她一下，她像被踩了尾巴一样，"哎哟"一声，回身还要送几颗白眼给对方；出发前有个活动，台上讲话的老师讲得不够好，她也会在台下小声嘀咕："在家背一背再出来嘛，小学背课文的精神头都哪儿去了？"

我素来讨厌刻薄的人，有心离她远一点，但一共四人同行，因为另外是一对情侣，她自然也就成了我的搭档。我在心里长长地叹了一口气，这很可能是两天一夜里让我最讨厌的事。

那对情侣倒是一直在虐狗，吃饭时，女孩给男生剥虾、夹菜、递饮料，一会儿宝宝，两会儿哈尼，三会儿小亲亲；北京热到要把人晒化了，可男生还是一路拉着女生不放手；拍照的时候，蹲下拍，站起来拍，歪着头拍，就差躺下来给女孩拍照了，特卖力气。

我身边那大姐，在一边啧啧感叹："看人家小两口，这个甜蜜！"

搞得我更烦。

不过那天晚上，恩爱有加的两个人，竟然大打出手。起初随便拌两句嘴，结果越来越认真，相互骂了起来。男孩的经济条件一般，其实从一路上买东西、吃饭结账、男孩的穿着和用品，都能看得出来。很多时候，男孩都是想了又想，钱包有点破，打开里面放着几百块，我听见女孩指着男生大喊：

"你有啥啊你？你穷成什么样你自己不知道吗？你好意思跟我吵架？你啥也买不起，有时候还得我倒贴，我都不好意思跟别人说，你还有脸不乐意？"

就在那一刻，男生的脸涨得通红，整个人像在风中摇曳的筛子，已经乱颤。他回嘴道："就你好！你自己看看你那脸，满脸的疙瘩，还胖，肚子上的肉都溢出来了，你还让我背你，我都背不动，我嫌弃你了吗？你凭什么嫌弃我啊？"

他说得没错，从表面上看，姑娘确实就是痘痘很多，长得胖。他说完，姑娘当时就哭了，哭得喘不上来气的那种。男生似乎有点后悔了，围着姑娘转了两圈，却什么也没开口说，蹲下抽烟。

那一刻，好尴尬的。一共四个人，家务事按理来讲，参与进去不太好，但不劝上两句也不合适，就在我左右为难的时候，平时刻薄的大姐过去了，她先是拍了拍男生的肩膀，又转过来揽住姑娘。姑娘趴在大姐的背上哭了半天，情绪才算稳定。

大姐说："你们这些小孩啊，真是口不择言得厉害。你看我向来遵循:对待陌生人,打蛇要打七寸,说话要噎死人,绝不吃亏才行。可对待家里人,打人不打脸,骂人不揭短啊。

"我啊,跟你们说点家常话。我也不怕你们笑话,你们姐夫以前有点结巴,说话不太利索。但是性格特别开朗,我们俩刚认识的时候,他给我写了很多封信,有才华还浪漫,为人真诚。我觉得这人虽然话说得不清楚,但是没因此就消沉,心态这么好,跟他在一起过日子一定开心。就是因为这个,看上他的。

"可我们俩在一起以后,他开朗的性格就变了,越来越闷,而且特别不愿意和我出去,我就生气了,特别纳闷。我问他为什么,他才说,他和我出去,一张嘴就有人绷不住抿嘴乐,'给,给,给你,丢……丢脸。你,你家……男,男人,是个……结,结巴。'他连说结巴这个词的时候,都得结巴。

"那时候,我才明白,他自己一个人的时候,从来不怕自己的缺点。但是和我在一起的时候,他害怕,不是怕戳了自己的痛处,而是怕我会嫌弃他,怕他给我丢脸。他不是为了自己,是为了我。用你们现在的词,就叫玻璃心。

"我特别认真地告诉他,我从来没觉得这是一件丢脸的事,我有耐心听他一个字一个字把话说清楚。我也不怕和他一起出去的时候,被别人笑话,'别人爱,爱说……什么就,就去说……什,什么。我,我……就,就喜,喜欢,结,结巴的。'我是学着他结巴的语气说的这句话,逗得他哈哈大笑。

"那是我唯一一次学他结巴,在那以后再也没学过。因为我知道这在他心里是个事。人啊，往往听到自己的短处，就会马上蹦起来，是因为怕对方看不上自己，而这句话谁都可以说，唯有自己的爱人不能说。

"在伤口上相互撒盐，彼此看着对方龇牙咧嘴的脸，都不觉得疼吗？"

那天晚上没过多久，那对情侣就和好了，又开始虐狗。姑娘因为哭得太厉害，眼睛都是肿的，可还是被男生逗得笑个不停。能听见男孩说："痘痘会好的，不好也没事，我就是喜欢你啊，长不长痘我都喜欢，别生气了，我不是故意说的。我没嫌弃你胖，真没有，你胖了瘦了我都喜欢，胖点挺好，抱着舒服，真的，我说的是真的。"

女孩一边乐，一边低头小声道歉："我也没觉得你穷啊，咱们俩可以一起赚钱啊，你有能力，肯定能过上好日子的。我也不是故意那么说的，你别往心里去。以后我再也不说了。"

那是我第一次主动和大姐说话："姐，你真厉害。我受教了。"大姐哈哈一笑："这叫啥本事，你没看见我骂人呢，那才叫本事，我能骂人半个小时不重样。以后有机会我给你展示一把。你也得学学，不然你看你，蔫了吧唧的，出去容易受欺负。"

其实这个道理，我们都听过。你是我的铠甲，也是我的软肋。我有那么多缺点，因为你不觉得是缺点，我就充满了自信；而我有那么多优点，因为你说了我的一个缺点，为之嫌弃，我就开始自卑。

所以啊,真的别拿那句他最敏感的话去戳他的心,如同狠狠地扇了他一个耳光只为自己解恨。

最终伤了他,你痛快过后真的不心疼吗?

恋爱时讲这句话，比提分手还可怕

· 难缠的妈妈 ·

我去大连玩，老友郭郭过来接我们。眼看郭郭自己过来，我打趣问他："女朋友呢？哪去啦？"他说："分了。她妈妈的事太多了。她还特别听她妈的话，处不了。"

郭郭女朋友老家也在外地，之前同郭郭一起在大连。郭郭买的房子因为没交房，两个人在外面租房住。两个人谈恋爱半年，郭郭女友的妈妈来了9次。

第一次来时，围着他们俩租的房子绕了一大圈，小区设施啊、房屋情况啊，跟警察办案调查一样，查了个一清二楚。最后和自己姑娘讲："闺女啊！你看看，你们俩住这地方，门把手都要坏了，厨房里第二个水龙头还有点漏水，这郭郭都不收拾啊？那他可不太会过日子。你得考虑好，哪有不管不顾的。"

老妈走了，郭郭女友化身小鹦鹉："我妈说了，让我考虑好，说你不行……"原话原语气地和郭郭学了一遍她妈的话。

郭郭就不太高兴了，心里想：这是看不上我啊？一个租的房子我收拾什么呀？而且厨房几乎都不进去，那水龙头要不是你妈打开，咱们俩谁打开过？

郭郭没反驳，就嗯了两声。

·把你退还给你妈妈·

第二次来时，郭郭要出差10天，女友妈妈又来了，陪着郭郭女友住了几天，开始苦口婆心地教育："你看看郭郭，这一出差就是这么久，你就自己在家，你不害怕吗？你敢睡觉吗？一个月一半的时间在外头，你可得好好想想，他这样你能行吗？他这个工作不合适，要么得让他换一个。"

郭郭回来，小女友又开始长枪短炮了："我妈说了，你工作不行，得换一个，你这样我总自己在家，你要工作还是要我，你说吧？"

郭郭更不舒服了，对我说："我出差也是为了工作呀，也是给两个人赚钱啊，还工作和女友二选一了？没听过这种道理啊，这不是胡搅蛮缠嘛！"

后来女友的妈妈陆陆续续又来了几趟，每回总能挑出来点毛病：

——什么郭郭家里老人只有他爸爸一个，生了孩子没人给带啊。

——什么郭郭应酬总喝酒，这毛病得改呀。

——什么郭郭是单亲家庭的孩子，容易情感上敏感啊。

郭郭的女友每一次都把原话跟郭郭说一遍，导致郭郭对这位未来的丈母娘真是很厌烦。后来他终于忍不住提了分手。理由是：以后过日子是两家人的事，你妈这么不喜欢我，这日子没法过。

郭郭说完，我们几个恍然大悟。讨论起郭郭的小女友，我们一致认为这姑娘情商太低！其实我可以理解郭郭女友的妈妈，很多时候自己的父母都会向着自己说话，自己生下来，养到大的孩子，当爸妈的怎么可能不心疼，找了男朋友女朋友，当然要仔细把把关。

不过再碰见这种事时，如果你想和男朋友继续在一起，你应该向父母把男朋友优秀的一面描述一下，父母看不惯的地方委婉提醒男友，这样双方才有个好印象啊。哪有两面原话复述的，那不成两面挑拨了吗？

这么谈恋爱，能长久就奇怪了。

· 你应该这样做 ·

我有一位阿姨，她儿子交了一位女友，女孩的学历不太高，皮肤也一般。她儿子心里就特别有数，自己妈妈眼光高，可能会看不上自己的女朋友，不过自己很喜欢这位姑娘，于是还没领着姑娘见家长呢，就天天在阿姨耳边吹风。

把姑娘对他多好，如何细心，怎么温柔和许多好品质统统说了一遍。没事就回家念叨，自己女朋友多喜欢自己。他妈妈喜欢什么东西时，他也会插一句："那谁和你眼光一样啊，你俩肯定能过一起去。"

过三八妇女节时还以女友的名义给我那位阿姨订了一束花。

回家偶尔还会说：

"那谁说明天下雨，让我告诉你出门的话注意一点。"

"那谁说好像要降温，让我告诉你多穿点。"

他还和我那位阿姨做了铺垫，说了女友的学历和长痘痘。我那位阿姨不太高兴："这我觉得不太行。"他回去和自己女友反馈时，却绝口没提，说的是："我妈说你特别好。"

以致后来见面时，阿姨看见了相貌平平的那女孩，也没觉得不好，知道学历一般，也接受了。因为她儿子都已经跟她说过了啊，她已经有了心理准备，反而很满意姑娘的那些优点。女孩因为之前有所准备，以为阿姨很喜欢她，当天表现得也落落大方，对阿姨自然很亲近。

结果皆大欢喜，现在马上要订婚了。

这就是聪明的做法，你喜欢一个人，就要包容他的缺点、他的问题。家长心疼你也没错，所以在其中周旋清楚的这个任务就交给你了。不是有一句名言吗——不和谐的婆媳之间都有一个傻老公。

郭郭的女友，就是横在丈母娘和男朋友中间的这位"傻媳妇"。其实家长虽然担心你吃亏，担心你委屈了自己，可最后过日子的还是你本人啊。只要你表现出来相比男／女朋友的那些缺点，对方的优点让你觉得更好。只要你自己喜欢，家长哪里会硬生生地阻拦?

  所以,谈恋爱要懂得过滤,过滤掉父母对你另一半的抱怨和另一半对你父母的不满,在中间做一管合格的调节剂。

  不然两面的鹦鹉学舌传话,这比分手还可怕!

小作怡情，大作伤情

周甜甜大概是我见过最能作的女生，两车八个人去野外春游，厕所是路边旱厕，大白天她说不敢去，非让她男朋友陪她，然后在门外等着；烧烤时，又不想拿烧烤钎，让男朋友用筷子都撸下来放到碗里；一会儿吵吵太热了，男友给她扇扇子；两会儿又说太渴了，想要喝冰镇的饮料才解渴。一顿饭下来把男朋友折腾得不行。

之前我就听说过周甜甜的"光荣事迹"。走在马路上一时兴起，让男友背着她啦；逛着街鞋带开了，让男友蹲下来系上啦；晚上睡不着，拉着男朋友一起唱歌到天亮啦。

最有名的一次是，说想吃辣的，又想吃海鲜。男友想了半天，点了香辣蟹的外卖，算是把两样都满足了吧？结果外卖到了，周甜甜一撅嘴，太辣了，她想喝粥。得！买粥。男朋友又开始订粥，粥到了。她看着空空的冰箱又吵吵想吃水果，喝酸奶。男朋友只好再订水果买酸奶。

这件事传出来的时候，简直让我们大跌眼镜，我们都私下说："如果能够评出个'作'界大咖，周甜甜一定榜上有名。"

不过人家男朋友说了:"我没觉得作啊,在你们眼里,这叫作,在我眼里这就是撒娇。"虐我们一脸狗血。

另外一个姑娘,粒粒菁,认识周甜甜后,简直把周甜甜当做自己的偶像,马上一拍大腿,老娘回家也要作一作。结果刚实施三天,就吵了三次架,搞得她男朋友离家出走。

粒粒菁在一个周三的半夜,忽然蹦起来说:"亲爱的,我想吃夜宵。"男友有点抱怨:"你晚上不吃饭了吗?现在一点多了,吃完几点睡啊,明天还上班呢。"粒粒菁不乐意啦,噘起小嘴巴:"不嘛,不嘛。就要吃。"

男友困得哭天抹泪的,陪着等外卖到了,粒粒菁又说:"饭不好吃,咱俩重新买点烧烤吧?"男友已经要炸了,"大半夜的,吃一口得了,你想吃明天再去,行不?明天还上班,我困得都睁不开眼睛了。"

粒粒菁不高兴了,"人家周甜甜对象折腾三回都不嫌累,这方第二回就觉得累了?不行!吃!烧!烤!"男友撂下一句:"你爱吃不吃,不吃拉倒,我睡觉了。"转身上床睡了。

粒粒菁问我们:"你说他是不是不爱我啊?人家男友怎么就说是可爱呢?"

粒粒菁满脸无辜:"区别在哪儿?"

周甜甜一边忍着笑一边说:"作,是要有限度的,你得投其所好地作啊。我男朋友也喜欢吃辣的和海鲜,和我一个口味。所以我才说想吃海鲜和辣的，粥是给我自己点的，可吃完饭喝酸奶吃水果也是他的习惯。虽然话都是我说的，可我也是为了他呀。而且他喜欢作一点的女孩，没事哄他背我一下，他也高兴，他觉得这样显得他特别惯女朋友，有面子。我们俩都开心。

"我男朋友最在乎的就是工作，所以他工作的时候我从来都不作。有时候加班到深夜，我们俩一晚上一句话也没说，我都是随便吃一口，然后等他加班完再一起好好吃一顿。不会催他，不会说他工作效率低，会认真地提意见。他很多次因为工作爽约不带我出去玩，我都没生过气，因为我知道，这是他最在乎的！

"你那个作可是真的作，大半夜人家明明想睡觉，你要吃饭，还要买烧烤，超过了他的底线，这事就不行了。所有的脾气都是在底线范围内的，你得知道他的底线在哪儿，在他底线范围内，你随便地作，你烧房子、卖车、天天吵架只要没超过他的底线，都不会有大问题。一旦超过了，你哪怕想喝一瓶水，都会打架。"

周甜甜一席话让我们完全受教。想一想，真是这么回事，为什么习惯性地和陌生人客气却对熟悉的人随意，对外人礼貌不好意思拒绝，对亲人却总是不耐烦？正是因为我们知道即便这种态度，亲人、熟悉的朋友也不会离开我们。

那恋爱又何尝不是如此？你可以作，可以闹，可以发脾气，可以乱花钱，只要你都在他的底线范围内，这全部都叫撒娇。但是一旦超过了他的底线，这就叫不懂事，作过了火。就像他最讨厌猫，和你承诺，你养狗的话他帮你照顾，他出去遛狗，给狗狗洗澡，可你偏偏要在家里养猫，他不同意就是不爱你；就像他明明最讨厌骂人，可你非要当着他的面一口一句国骂，还说他不接受就是不爱你；就像他一口辣不能吃，你点了一桌子的川菜，说你们要一起过日子的，得互相适应口味，他不吃就是不爱你。

你，不是有病吗？

作的前提是明白两个道理：小作怡情，大作伤情；他的底线就是你的脾气。

没有任何一种爱是伤不透的，一次瞎作，两次瞎作，作得久了，人家的失望就变成了分手的信号。即便你再美，条件再好，也没办法让对方一次次地忍受你。其实每一个女孩都喜欢撒娇，都想任性，那么就请认真地思考一下他的底线吧。疲惫不堪和兴趣使然只有一线之隔。

我相信，有一个懂得审时度势地"作"的女朋友，男生也会心甘情愿和别人喊出："作吗？我就是愿意惯着她啊，怎么啦？耽误你啦？"

牢靠的三角，不稳的爱

高手带了新姑娘来吃饭，没见过的面孔，我环顾四周，都是一脸茫然，显然大家都没见过。换下一场的时候，高手先把姑娘送走了又回来找我们，我问他："你对象呢？这又是哪来的姐姐？"

他一脸坦然："家呢啊。这是新找的，我还挺喜欢的。"

大家看着他，说："那是同时处俩啊？"

他摆手："没有，那个我打算分了，性格不合，这个挺聊得来的。"

那你倒是分啊，你还没分呢，下家都找好了？脚踏两只床，不怕扯着蛋？分手后再去寻找下一个爱人是对两个姑娘都负责任，这前面一个还在家等着你回去呢，眼巴巴地数着表，望着钟，等着你的电话和微信，你却已经和另外一个人勾搭一起了。

后来，高手和新姑娘果然被女朋友发现了，女朋友打电话给新姑娘对质，两人一同约了高手出来，羞辱一番，一拍两散。高手鸡飞蛋打，一个也没剩下。他后来苦苦哀求新姑娘，新姑娘压根没理他，只撂下一句话："你不骗我，我其实可以等你处理好，但是你骗我，咱俩就绝无可能。"

高手栽了。

郭郭的前女友在郭郭和自己妈妈面前，来回传话，像一只学舌的鹦鹉，导致郭郭对前女友的妈妈特别不满，前女友的妈妈坚决反对自己闺女和郭郭在一起，于是分手。可分手也拖拖拉拉，姑娘一会儿要留在大连，一会儿说要回沈阳，没定下来。

郭郭单位新来了一个女孩，文文静静。郭郭让女友作怕了，看着这样的姑娘越发想要接触，可家里还有一个呢，总不好现在就联系吧。所以虽然很心动，可他却愣是一个搭讪都没有。

这期间，他和前女友又谈了几次，前女友决定回沈阳。他帮忙联系了沈阳的工作，又亲自把前女友送回了沈阳。这才算彻底告别了这段感情。

前前后后，分手这件事，谈了两个月。安定下来以后，单位的姑娘也已经有了男朋友。有个哥们儿知道这事，问郭郭："后悔没啊？先下手为强，后下手遭殃。看，让别人抢占了先机。"

郭郭说："没什么。总不能这个没断干净呢，就联系下一个，对两个人都不公平。想要开始下一段，前提是好好结束上一段才行啊。"

郭郭看得就特别透，爱的前提是尊重，如果欺瞒着，偷偷联系，这是对下一任的不尊重。追求的资格并非是我家财万贯或者帅气俊朗，而是我应该是一位单身的人。

虎符也碰到了差不多的事，他的前女友一直不肯分手，找了各种借口不搬走，虎符说自己搬走，女孩又不让，把虎符的衣服、证件通通藏了起来。虎符一动，姑娘就开始放大招，一哭二闹三上吊，割脉啊、吃药啊，都是小招数，一言不合就爬到楼顶给虎符拍照。

扰得虎符生无可恋，姑娘还没等真死呢，他已经不打算活了。

同学聚会时，他和以前班里的一个女孩重逢了，上学那会儿姑娘就喜欢虎符，如今这么多年过去了，竟然还有些小情愫。

俩人私下里留了联系方式，又吃了几次饭，约了几次会。眼看着姑娘眉目传情，虎符也是怦然心动。可一想到自己的现状，他决定坦白交代。他向姑娘把自己的现状说得清清楚楚，如今处于一个尴尬的境地，想分不能分，守着一个精神病一样的人，完全没办法。

姑娘特别大度，和虎符说理解他，可以等他处理完。虎符心里一暖，最后找来了前女友的父母，才算和解。这期间大约也有一个多月，姑娘完全没催促他，还给了他各种建议。

虎符问姑娘："你等得不生气吗？不觉得我这个人特别渣吗？"姑娘说："不会啊，我反而觉得你很有担当，诚实，而且值得依靠啊。至少你没骗我，你跟我说了实话，而且也没对她不管不顾，处理周全。这样的恋爱，会让我放心一些。"

我们这一生可能经历很多次恋爱，很多次诱惑。没人保证同你牵手的第一个人就一定会是最后一个,也没人能保证你在遇到几个人以后能再找到今生陪伴你的那一位。也许乍看喜欢,但久处厌烦;也许刚开始新鲜,可过一段腻歪不堪。

可我们哪一个人不是如此呢?重点是发觉不合适时要快速分开,遇到喜欢的人时再大胆求爱。都说三角形是最牢靠的,可三角的爱情却是最坏的。相爱这种事原本就是两个人的,多出来一个人总归没办法分配。

> *别贪恋那些不可能的旧情人*
> *也别因为太过着急而不尊重自己的新爱人*
> *在开始下一段以前,先记得好好结束上一段恋爱。*

送礼物的正确方式

我的朋友里有一位秃叔,他知道我失眠严重,送了我一只Jellycat。他总说我是小快手,因为买东西很速度。

这边刚刚提到:"沐浴露没了呢,你那瓶味道不错。"下一句话还没说,我已经买好了,告诉他等着收快递吧。

一分钟前聊天说:"等会儿说,我修鼠标呢。"他还没修好,我已经下了单,快递在第二天就会送到。

但实际上我不是急性子的人,我坐飞机、火车总要赶到最后一刻,急急忙忙跑上去,庆幸自己没延误;上学那时候写作业也是一拖再拖,拖到最后一天无可再拖才去奋笔疾书;别说洗衣服没按时整理了,就连洗头发都要等到临出门才着急;写公共账号也是如此,每天想主题,写内容,去更新,白天不急不慢,到了晚上急得团团转,总要拖到深夜两三点。

我就是那种典型的患了拖延症晚期至今还拖延治疗的同学。我给自己买东西可能都要拖拖拉拉,唯独给别人买东西时特别积极。原因是——想象对方接到礼物时的幸福和喜悦让我特别有动力。

送礼物给别人的正确方式,我是和前任学来的。他那两年送了我很多礼物。

电话费没了,随口提一句,他会不动声色地交上;信用卡账单下来,他会主动在还卡日期固定问你,这个月多少钱;我和闺密出去玩,翻攻略、订酒店,他也会帮忙做计划,然后自己偷偷订好告诉我,他已经搞定了我们直接去就行;各种大大小小的节日,从来不问你想要什么礼物,都是买好了直接带过来。

那两年红包没那么流行的时候,他就支付宝转账,后来红包热起来了,就发红包。我叫六,他发的都是66.66、666,给别人也是如此。他说,这就是你的标志,你是我的,我得让所有人都知道,我想着你。

那两年的6月6日,他都像给我过生日一样,带我出去玩,吃饭,逛街,陪我一整天。我说:"你这太牵强了。不知道的还以为我多作呢。"他还说:"不会啊,我得庆幸你这名字让我多了一个理由对你好啊。"

现在的我,给别人打赏,发红包大多也是这个数字,别人问:"干吗是这个数?"总会脱口而出,"因为我叫六啊!"

其实都是从他那学的,想起来也有心酸。那是我至今为止惊喜最多的两年,小到一支口红、一个手机壳,大到一双高跟鞋、一个首饰。我收了太多的礼物。

有好朋友特羡慕,和我取经:"你也太厉害了,把人家治得服服帖帖，什么技巧啊？天天有惊喜。"

我想了半天，像我这样的人，笨嘴拙舌，又不爱撒娇卖乖，脸皮特薄，让我主动去管别人要礼物或者引导别人买给我，简直比高考时考数学更要命。我哪有什么技巧，都是他和我聊天时，熟悉了我的喜好，知道我的品位，他自己去买的啊！

也许是人在福中不知福，当时，我没觉得这是什么了不得的事。后来，分开以后直至今日，我再也没碰见过那样的男生。

分开后的两年，情人节、圣诞节，我还是会在楼下收到他送的花，可这期间他从没以此作为借口，打电话给我："我给你送花了哦。"直到他结婚头几天，给我送了最后一束花，写了分开后的唯一一张卡片："以后不送了，找个会疼你的。你都让我宠坏了。"说没后悔过是假的，可过去的就是过去了。我想他只是怕我收他的花习惯了，节日里没有，会自己失落吧。

我后来碰见的男孩真的都不会这样，我说："我最近想买个旅行箱，总出门。"

他问："那我送你好不好？""你想要什么样的啊？""多少钱的啊？""什么品牌的啊？""这个材质会不会不抗用啊？""这个你喜欢吗？"

这个旅行箱拖拖拉拉一个多月，熬不住，最后我自己买了，男生不提了。

过生日提前半个月开始问我："你喜欢什么呀？""你想要什

么礼物啊？""你说一下啊，我买给你啊！""你别什么都行啊，那我很难选啊。"

最后礼物拿到手时，又没惊喜，也不开心，如同嚼蜡，味如鸡肋。

在彻底不联络时回忆一下，竟然除了生日以外，几乎什么也没送过，不过都是打口炮罢了。有时候真的不是自己买不起那个礼物，而是会有一种被重视、被疼爱的欣喜感。没有任何一个女孩不想被呵护，即便她看起来很独立、很坚强，即便那些礼物她自己都买得起。

为什么女孩拆快递有一种期待感？因为像远方来的礼物，即便我知道这是什么，可拆开的那一瞬间也是满满的期待。除了那种目的明确——我就是因为你有钱才会和你在一起的人以外，其他女孩谁会好意思说自己想要什么礼物啊？都会说："你看着来啊。"

其实男女朋友之间，买个东西哪那么费劲啊？

例如：洗面奶怎么没了？

你都已经听说对方有什么需求了，缺了什么，你还有什么可问的啊，你就直接去买啊！

例如：要过生日或者要情人节了。

你实在粗心大意，不知道送什么，你去问她的闺密啊！

以上两种如果你觉得还是麻烦，那就直接给钱啊。说："你拿去买礼物吧，我也不会选。"

觉得麻烦的，诸多借口的，归根到底你不过是舍不得钱罢了。真正想要送一个人礼物，不会问要什么，而是直接买买买。不想真正送你礼物的，你明示暗示直接去刷卡，也还是会听不懂。

忘记在哪里听过这么一段话：当你真的喜欢一个人的时候，花钱是最直接能够表达自己情意的方式，这跟物质本身没关系，而是我喜欢你。所以想尽力让你开心，你想要的我都想给，他妈的我就是想给你花点钱。

这是我听过最实在也最真的情话。

如今的我，觉得那位前男友真的做得非常好，所以无论再遇见谁，在角色上我都成了我的那位前男友。我总会期望让对方每天用着的穿着的，一切都是我送的。坦白说，我自己赚的不算多，不过没钱就会从自己身上省，希望对方可以因为我的存在过得舒坦一点。尽量不去给对方添麻烦，尽量满足对方的要求，尽量多给对方添两样礼物。不是我傻，不是我钱多，也不是我不在乎钱，因为我体会过啊，被人疼的滋味有多酷，所以总想让我喜欢的人也能体会这种感觉。

真喜欢一个人，就是他想要的我都想给。

不分手留着过年吗？

崔西在群里转发了一条微博，瞬间炸锅。

原文是：重庆程女士称，与男友交往三年以来，他每天下班回家做饭，周末就带她去参加各种试吃。偶尔埋单一次也绝对是团购，两个人的消费绝不超过 150 元。近日程女士想吃小龙虾，男友不同意。她就自己团购了原价 270 元如今只要 158 元的小龙虾。

男友还是不同意，认为没必要。

程女士自己去吃了小龙虾，回来时被男友指责。程女士提出分手，称自己要被这种抠门的行为气死了，竟然还忍受了三年。男友却坚持认为程女士要分手是因为物质拜金。

有个姑娘看完新闻还在群里发了一个大红包，说感谢崔西的分享让大家开了眼界，又认识一位奇葩。我们纷纷表示，这位程女士是忍辱负重的好同志啊，这种日子还能坚持三年，也可以颁奖了！

我不吃你的，不喝你的，我花自己的钱团购一顿小龙虾，你还不乐意了？我跟你在一起三年，没花你钱，没问你要过礼物，每周厚着脸皮陪你去蹭试吃，忍着你的抠门，分手还反过来说我虚荣，物质拜金？

原来这就叫物质？这就是拜金？这大概是我近两个月听过的最荒谬的逻辑。

我知道崔西为什么转发这条消息。

崔西的前男友，也是这副德行。崔西出国旅行，问男友有什么要买的，她带回来，比国内便宜。男友不动声色地给崔西列了一个清单，上面有他大姐想要的一堆化妆品，姐夫想买的领带和钱包，妈妈让带的保健品、当地特产和药，要给老爸买的皮鞋、酒，二姐家孩子的奶粉和弟弟求婚用的钻戒。

然后还轻描淡写地来了一句："宝贝儿，我怕你辛苦，就这点就行。"

崔西差点一口老血喷在电话屏幕上，这东西也太碎了，要跑几个地方才能买全啊，好好的一趟旅行，就因为随口一句话变成一趟不赚钱的代购了？不过崔西也不好意思提这事，只好咬着牙挨个商场跑，给买全了。

关键是崔西回来的时候，钻戒肯定是要给钱的，其他的那些，说贵倒是不贵，但是左一样右一样的加一起也是不少银子呢，这是要钱还是不要钱啊？她也不是什么大富大贵的身价，只好眼巴巴地看着男朋友，希望男友能理解。男朋友倒也明白事，说："这都是自己家人，咱们别要钱了，回头信用卡我给你还。"

崔西一想，就当讨好男友家人了，行吧。

等到信用卡账单出来的时候，崔西真是还不起，她不是那种攒积蓄的人，她发给男友，男友不高兴了，当时就话锋突变，消费教育课堂开课了，"崔西，你这种大手大脚的花法可不行，你这一个月信用卡也太多了。你得懂得节约啊！我妈要是知道你一个月花这么多钱，马上就得让咱们俩分，这以后能过日子吗？"

崔西气得电话都拿不稳，问我们："他脑袋是被驴踢了吗？他记不得这钱都是谁花的？是他们家人自己下单订购的啊！"

分手的时候，男友还四处宣扬："崔西就因为我没给她还信用卡跟我分手，给我们家买点东西追着要钱，这分明是没拿我们家当自己家人啊！你们说这女人多势利啊！这要真有什么事，还不得第一个跑了？"

崔西至此拉黑他，说就当她瞎了半年。回想一下两个人的相处时光，半年里，有圣诞节，有元旦，有情人节，男友给她买过一个礼物，一米高的大娃娃。

可崔西，30 岁了。

那个发红包的姑娘更是碰见了一位神级的大哥。

俩人刚在一起的时候，赶上大哥过生日，姑娘一想，男友过生日总归不能太寒酸吧。送了同款牌子的腰带和钱夹，刻了字母缩写，订了蛋糕，张罗了一个饭局儿。男友特别开心，当着大家的面抱着她，说她真好。

姑娘过生日是在四个月以后，也找了大家吃饭，男友连连承诺：

"蛋糕我来买,晚上给你买了礼物,大惊喜,你一定喜欢。"姑娘又期待,又兴奋,问我们:"你们说,他会不会送我个戒指啊?我怎么这么紧张。"

我们好顿安慰,紧张啥,过生日,晚上等着看就是了。吃饭的时候,男友从边上拿出来一个巴掌大的小蛋糕,插了一根蜡烛,特别开心地让姑娘许愿,女孩傻了,脱口而出:"怎么这么小啊,十几个人呢,这还没手掌大呢!"男友说:"每次过生日蛋糕都没人吃,太浪费了。虽然这个小一点,但是给你许愿够用了,精致,快点许愿啊!"

当十四个人围着跟手掌一样大的蛋糕一起唱"祝你生日快乐"时,这个画面真是无比和谐啊!讲真的,那是我参加过最难忘的一次生日趴体,没有一个人拿出手机拍照,我问平时最爱拍拍拍的女孩,怎么不照了?女孩撇撇嘴,"这也太小了,发出去尴尬。"

重点是,许完愿了,蜡烛吹了,男友拿出来一个神秘礼物,眉飞色舞地对女主角说:"宝贝儿,这可是我精心准备的!"说完,打开一张镶了边的牛皮纸,告诉女孩,"跪下!"

姑娘蒙了啊,我们也蒙了。不对啊,就算求婚,不也是男生跪下吗?让女主角跪下,这是什么节奏啊?结果男生开始读:

"奉天承运,皇帝诏曰,今朕爱妃之诞辰……"我记不住了,但是文笔真的不怎么样,文言文水平很弱。读完还说:"来,接旨。"

姑娘当场就哭了,一字一句地说:"这是我过得最难堪的一次生日。"

男生还问为什么呀,后来知道是因为自己买的蛋糕和礼物的事,一脸又无辜又萌的表情,说:"没想到你也是只喜欢包,只喜欢奢侈品。我这么精心准备的礼物,你竟然不喜欢,你觉得这不如一个包是吗?我从来都看不上那些东西,真没想到,你是这种人。"

我听见有人小声说:"不喜欢名牌啊?那给你买钱夹的时候,怎么感觉要热泪盈眶的。还说太喜欢了。现在还用着呢。"

是啊,你不喜欢,怎么别人送你的时候那么开心?你不是不喜欢,你只是不喜欢送别人。

你可以节约,但是你能不能对你自己节约,对女朋友大方一点。就算你有30块钱,你肯给她花29,她也舍不得真的花你29啊,这叫你心里有她。

但是,如果你是以上那种男生,不分手等着留你过年吗?留你到过年,给一个红包,写着:亲爱的压岁钱。打开一看,5.21元。

为了过年不收到这个让人堵得慌的红包,分手吧!

这不叫节约,也不是女孩拜金。这叫你有一种抠病,得治。

为什么你说了一堆，他只回了嗯

有一位朋友领了结婚证，晚上她请客吃饭，大家都有点嗨，其中一位女孩 Tina 靠着我说："我什么时候能和他领证啊？我也想结婚。"

我没接话，拍了拍她的头，她的男朋友总让我觉得距离领证这件事，中间隔着千山万水。

她男友，最明显的特征就是不爱和她讲话。

有一段时间，我们都在谈恋爱。聚会时，几个人不约而同一起捧着手机发微信，偶尔看见男朋友发过来的哪句话说得特别可爱，就会忍不住笑出声，只有她在那托着腮帮子和我们抗议："别发信息啦！聊天啊，聊天。我好无聊。"一起的朋友问她："你男友呢？你都不用联系吗？"她脸色一暗,说:"他啊,回信息回得慢。"

她把信息拿给我们看。

"你今天公司忙吗？我单位今天都没什么事可以做，上午看了整整一上午的书，简直困死我了。""咱们俩今天去看电影啊？最近新上映的好多。你想看哪个？我买票啊，我都行的。""有什么想吃的吗？我看看需不需要订位子。"

"嗯。"

"刚刚老板开会时说需要出差，去深圳四天，可能是下周四走，好不想去哦！现在深圳好热，最好她把别人换上去，就省得我折腾了，你干吗呢？"

"嗯，工作呢。"

"我睡不着，明天又起不来了。总失眠怎么办？下次一定不能再喝美式了，我每次喝美式都睡不着。""你干吗呢？你困不？还玩游戏吗？"

"打算睡觉了。"

"我发小她们几个打算出去玩，你有时间吗？我们一起去啊？她们在讨论去哪儿，自驾还是买机票，已经开始准备了。你确定一下，我也告诉她们一声，带不带咱们两个。我还挺想去的，行吗？"

"定不下来。"

第一次看到他们两个人的聊天记录时，我简直一口老血要喷出来，好想问问她，她男友是手指头有僵硬症，还是不会使用拼音输入法啊，打字这么困难？发信息只能回复两个字或四个字？

记得那时晚上我和男友打电话，还问男友，我说："感觉你公司也很忙啊，要开会，要写报告，你怎么能从早上和我聊到晚上？咱们俩也没什么正事，就是闲聊天，一个电影也能说半天。"他也是一边玩游戏，一边说："就是想和你聊天啊，说什么又不重要，这不得看和谁聊嘛。别人和我说话，我可能也没时间回。"

是啊，哪怕手指头真有僵硬症，哪怕不会拼音，他要是想和你说话，发语音都可以回复你，如果不想讲话，多回一个字都是累。

后来，我们有一个女孩和小 Tina 说："你男友和别人说话也这样吗？你留意一下。"她过了几天在我们的群里说："我今天看了，他在他的哥们儿群里打字飞快，就在我边上，我看着发的，好长的一条呢！"

我们几个都不知道如何回复她的这条信息。

那天领结婚证的女孩，在恋爱时，差不多一天要接男朋友五六个电话，听他们聊天也是完全没什么正经事，无非就是："你在干吗？""吃的什么呀？""好吃吗？下次一起去啊？""一会儿干吗去呀？跟谁啊？多吃点啊。"仔细看看，哪一句不是废话？都是啊，可就这样的废话，也能说个半天。他们两个不打电话的时候，微信也是你来我往，聊个不停。

女孩吃到一个好吃的蛋糕，也要发过去和男友说一声："这家蛋糕超级好吃。"

男生堵车堵在半路也会给女孩发个照片："简直堵崩溃。什么时候交通能好？"

而且她每一次接起电话都是那种满脸甜蜜的抱怨："他太磨叽啦！有事没事都打电话。"

这才是爱情啊，谁不忙？

销售要忙着跑客户，催单，出销量；我这种写字的，要忙着看书，搜集素材，写文；学生要忙着上课，写作业，出去玩；就算待业人士也要忙着睡觉，收拾屋子，吃饭啊。这个世界上怎么可能有不忙的人？只不过是把什么看得更加重要而已。

其实，我想 Tina 总有一天会懂的，为什么她说了一堆，男友只回了一个嗯。只有一个原因，那就是不够喜欢啊。

喜欢一个人，随便说个嘿嘿、哈哈、嘻嘻、发个表情这种纯粹的废话，也会舍不得做先结束聊天的那个。而不喜欢一个人，永远都觉得手指头千斤重。所以你才会收到：我去洗澡了，我在开会了，嗯，啊，哦。

他洗澡洗到晕倒在浴室，开会开到天黑又天亮也没消息。明明坐在那里闲晃屁事都没有，也只是回了个：

"嗯。"

Part 3

那个人，为什么不是我

我也想找一个愿意慢慢等我，慢慢爱我，慢慢和我过一生的人。
我们彼此坐在一起，在午后，在阳光下，消耗彼此的时间。

有人喜欢过我，但从没见谁坚持过

▲

下午3点多，我刚下飞机，回到沈阳，天气热得像蒸了一天的桑拿。头晕目眩之际，开机，收到清姐的微信："老六，你说爱情也需要看空看多，也需要你止损吗？"

清姐是东北妹子，现居长沙。这次我去长沙，我们俩喝了半宿的酒。她聊天还是满口的东北味。

我笑她："来长沙这么多年，学会了剥那么难剥的口味虾，学会了吃辣出眼泪的螺蛳粉，怎么就没学会长沙妹子软软的'胡兰'（湖南）口音呢？"

她反怼我："学会了写风花雪月的故事，学会了涂娇艳欲滴的口红，怎么就没学会找一个好男生呢？"

我说："你不也一样吗？"

她笑了笑："我在等一个追我很久的人。"

清姐上个月参加了同事的婚礼，那个女孩叫李兜。李兜的男朋友追了她三年。俩人参加同一个饭局，酒过三巡，男孩凑过来和李兜搭讪。男孩的样子很浮夸，李兜就先找借口离开了。

结果男孩开始在李兜的各个活动范围里出现。李兜去看电影，男孩十有八九也在电影院门口，笑嘻嘻地说："巧了啊，同一场。"李兜去食堂吃饭，一抬头就能看见男孩晃晃悠悠地走过来。李兜去上课，也能看见最后一排坐着一个吊儿郎当的人，一动不动地盯着她看，又是那个男生。

直到她在一节选修的插花课上，又碰见了男孩。男孩手忙脚乱地在那插花，她看得实在心烦，走过去和男生说："你能不能别总围着我转了？我现在不考虑处对象。"

男孩脱口而出："那你打算什么时候考虑？"

李兜看着墙上字画里的"三"字，随口说："三年以后。"

男孩傻了："为什么啊？"

李兜不知道怎么答，低头的瞬间，眼前是男孩插得乱七八糟的那盆花，她说："为了它，满天星。我要好好学插花，没时间谈恋爱，别烦我了，你要是能挺住，三年后再说。"

男孩没说话。

打那以后，李兜还是总能在各种场合看见男孩的影子，只是男生很少凑过来搭话了。毕业时，李兜找到了网络电视台的工作，报到第一天就看见扛着摄像机的那个男孩，心想怎么那么眼熟？摘下帽子，挪开器材，果然又是他，阴魂不散啊！

男孩会给李兜带早饭，下雨天给李兜打伞，默默地陪着李兜加班，帮李兜整理采访文件，可绝口不提谈恋爱。李兜单位对面开了一间花店，一个笑脸盈盈的姑娘在看店，有两个甜甜的小梨涡。男孩偶尔会打趣："走啊，你不是喜欢插花吗？咱们去对面学啊。别说当年的满天星，现在要什么花儿没有啊！"这样日子久了，李兜真的动心了，和清姐聊："我当初就是随口一说，他不会当真了吧？"

直到今年 2 月份，李兜认识了这男孩三年。周一上班，男孩拿了整整一大束满天星站在李兜办公室的门口，说："现在要不要试试谈个恋爱什么的？"全单位的同事一起起哄，李兜涨红了脸点头答应，男孩笑眯眯地拿出一张纸说："那这就当作是我送你的第一份礼物。"

李兜拿起来一看，是对面花店的转让书。趁着她发愣的工夫，男孩说："这是给你开的，你说你喜欢插花，你的愿望我帮你实现。"

李兜愣住了，男孩又说："满天星我真的不会种啊，这束是咱们进的货。但我这两天研究了一下，给你种了点玫瑰。老板，你要不要去看看？"唇齿间满满的小得意。

今年 5 月，他们订婚了。

我听完骂清姐："又开始撒狗粮，我千里迢迢来一趟，你自己打着光棍儿，也要管别人家小两口借点恩爱来刺激我，还是人吗？"

清姐倒是一脸的认真："这就是我羡慕的爱情啊。"

她问我："你说，是现在的时间太宝贵了，还是现在的人太聪明了？为什么说的第一句话就是你有没有男朋友，聊了一次天就约你吃饭，见的第一面结束就说喜欢你，你不同意或者说考虑考虑，对方马上就消失不见。再过半个月你就发现他朋友圈里晒了另一个姑娘的照片，写着'虽然刚遇见，但我知道就是你'。你说，为什么就不能坐下来慢慢吃一顿饭，为什么不能好好聊很久的天？讲你的经历、我的过往、你的价值观、我的人生观，我们彼此想要的爱情都是什么模样，我们究竟能不能慢慢来。"

我不知道怎么回答这个问题，可我想到了一句话，时间是最好的答案。时间是最无情的验证者，它可以冲刷掉一切的新鲜，洗涤所有的好奇，磨光全部的激情，然后告诉你，什么是真爱，什么是坚持，什么是一生。

时间是永远换不回来的，在一个人身上消耗的时间，那就是最大的成本。我也想找一个愿意慢慢等我，慢慢爱我，慢慢和我过一生的人。我们彼此坐在一起，在午后，在阳光下，消耗彼此的时间。

可事实上我们总是碰见那些快枪手，他们来得气势汹汹，走得干脆利落，没有一点拖泥带水，整个过程让你来不及反应。头一天你们还在热络地从天黑聊到天明，只是一言不合，第二天就看见他把你拉黑；前几日你们还在互相暧昧调情，只不过两天没说话，他就有了公开的女朋友；一周以前你们还在一起逛街看电影，可一周过去了，你只不过没答应出去过夜，这个人就蒸发不见了。

——

从前的车马很慢

邮递很慢

慢到一生只够爱一个人

你需要翻三座山，跨五条河，走十里路

找到她，和她说一句："我想你了。"

清姐发给我的微信，我相信，她一定是又遇到了闪退的男生，才会万分感慨。想起去年5月，股票大跌，我和清姐每天眼巴巴地看着股票绿了又绿，唉声叹气，终日思考，要不要止损，抛了舍不得，留着赔得更多，但最终我们俩谁也没割肉。

想起李兜问男孩："不过是一场饭局，怎么就让你不动声色追了我三年？"男生回答："我看见你第一眼就心动。我们在一起，时间也是消耗在你身上；我追你，时间也是消耗在你身上。我愿意和你一起浪费时间。追你三年五载又能怎么样呢？"

想起我们俩那晚一边干杯，一边啃着螃蟹，一边辣得流着眼泪。"妈的，想想这么多年，有人喜欢过咱们啊，可真的从没见谁坚持过，还不如我们友谊坚持得久呢！"我给清姐回了这条信息：

"不用看空看多，也不用懂得止损。爱情不是股票，不讲道理的。早晚有一天我们都会碰见一个人，对我们说：'我追了你那么久那么久啊，你要不要对我负责？'"

再炙热的爱也抵不过接连的伤害

我的好友老萝,也是我和木目的大学同学,拎着大包小包来我家时,我正在和周公约会。她战前擂鼓般的敲门声震醒了我,我的脸色如同地窖困了一冬的白菜,对着她兴师问罪:"一早跑来究竟是为了什么?把我的美梦都搅黄了。"

老萝拎着大包小包迈步进来,"对,黄了。我们俩黄了。"

老萝和男友分手大约100次,然后又会有101次的复合。

她有一位把分手挂在嘴边的男友,口头禅是:"我们分手吧!"就像我说我饿了、我困了、我睡觉了一样轻松。

我对于他们的这次分手表示不屑:"你们俩怎么跟过家家似的,这一回闹又是因为什么啊?"可老萝盯着我的眼睛,一字一句地告诉我:"还不是那些鸡毛蒜皮的小事,我们家养了第二只狗,随他的姓,还是随我的姓。就这么点事。"

我一口水喷了出来。"你们俩有劲没劲啊?都多大了!我还没听说过谁家拿分手当顺嘴话的呢。"老萝悻悻地说:"我也没见过,我也是跟了他才知道的。不过别管因为什么,这一次是真的。他和我说了那么多次分手，我从没同意过。这次我同意了。我和他不一样，我同意了，就是想好了。"

其实老萝的男友除了愿意提分手、拿这俩字当必杀技以外，人真不错，尤其对老萝挺好的。

他自己穿着淘宝买来的裤子还要跟人家店主讲价是否包邮，给老萝买名牌的首饰和包眼睛都不眨，总是主动要求："媳妇，过节了，你看你要啥？"

他是自由职业者，不用坐班，每天老萝出去工作，他一定在家做好了饭等老萝回来，吃完主动刷碗，回来还会给老萝按摩，说一句："宝宝，辛苦了。"

老萝她妈最近胃疼，她男友比老萝都上心，催着老萝赶紧回家看看老人怎么了，给老萝她妈买了大把的补品。

可他也因为各种奇葩的事儿和老萝说过分手。

他曾经因为老萝用手机看小说，一晚上没和他说话，就告诉老萝："咱俩分手吧。"老萝哄了又哄，扮可爱撒娇，这事才算过去了。

他也曾经因为老萝在光棍节的时候和姐妹们聚会而告诉老萝："咱俩分手吧！"老萝提前跑回家，拽着他出去看了场电影，又撸了顿串，俩人才算是和好了。

他更曾经因为，俩人养狗是买一只阿拉斯加还是买一只吉娃娃而说过："老萝，咱俩分手吧！"最后老萝说你爱养什么养什么都听你的,这才算是拉倒了,类似的事,数不胜数。

我们对他的评价是:又爱又恨的极端小王子。相爱相杀的最高境界。

果然这次,老萝的男友只挺了三天,就跑来我家找老萝和好,言辞恳切,声泪俱下。

大概意思是,"我怎么舍得真分手,不过是一时气话罢了。一起风风雨雨这么久,你还不了解我吗?心都要掏出来给你看了,你怎么会不知道我是什么样人呢?别闹了,快回家吧。"我看得一脸不忍心,劝老萝,"要不和好算了?毕竟不是每一个男人都会这么细心地对你好的。"

老萝特坚定,再也没回头。她在我家,找男友吃了一顿散伙饭,那天老萝喝了特多的酒,流着眼泪,掏了心窝子:

"我知道你对我好,我也是真心实意地喜欢你。可两个人在一起最重要的就是安全感,你用一次又一次的分手把我的安全感彻底磨没了。我找男友不是为了分手的,是为了能一辈子在一起,结婚,生孩子,彼此扶持过到老的。可现在还没结婚呢,你就天天张罗着分手,不论多大的事,你都要分手。结婚是不是就会吵吵着离婚啊?

"我第一次听这句话的时候,觉得头顶上的天都塌了,吓得要死,我求你,哄你。可一遍一遍,你可能觉得我用'狼来了'比喻不太合理,但真的现在我听到分手这俩字的时候,已经没感觉了,麻木了。我爱你,可我不再信任你。我不再信任你,我们俩就好不了了。

"你觉得说分手如同说你想我一样，不过是一时心理情感的表达，可我不是，我同意就是真的想好了。咱俩不合适，我也劝你，以后别把这俩字动不动挂嘴边上。那只说明你不想珍惜。"

老萝到底是分手了，其实我完全能理解。分手这种话，如同开了闸的洪水、出了笼的猛兽，说出去一次就蠢蠢欲动。吵的架总会过去，生的气也会烟消云散，可那些话如同泼出去的水，会被人记在心底，就如同老萝，硬生生地被这句话吓怕了。

你有没有碰见过这样的异性？常常把分手挂在嘴边，似乎那才是他的爱情宣言。你有没有在和他吵架时，想要脱口而出一句"我们分手吧"？我没试过，因为舍不得。相爱容易，相处难。我知道我们可能会因为很多问题产生争执，我知道我们可能会因为脾气不好而相互争吵。但是无论有任何事，千万别轻易说分手。

我曾经交过一位脾气不太好的男友，那时候我们俩天天吵架，三天一小吵，五天一大吵。

可无论吵得多天翻地覆，我们俩都没提过分手，我是因为舍不得，真的舍不得，那个词也曾经无数次地在唇齿之间滑过，可我却说不出来，因为我喜欢他，我怕说出这句话，万一当真了怎么办呢？

我们俩后来说出这句话的时候，只说了一次，一次就真的分开了。

就像张爱玲说的："什么叫分手？从此天各一方，两两相望。"

这个世界上有很多事情，你以为明天一定可以继续做的；有很多人，你以为明天一定可以见得到的，就如同太阳照常升起。所以你肆无忌惮，你心中所想的是明日再相逢的希望，是一切一如往昔的日常。

昨天、今天和明天并不会因为你一时之间的气话和那些伤人的口不择言会有什么不同。但总会有那么一次，在你放手、在你转身、在你松口的那一刻，有些事情就改变了。太阳落下去依旧重新升起，可有些人，就在你张嘴的那一刻，你就永远地失去了。

很多话是爱情中的禁忌，能别提，千万别提。

如果你是真的想好好地过下去，你可以生气，你可以发脾气，你可以冷酷一点让他长长记性，但千万别让那种没有挽回余地的话脱口而出。

一个人的修养就体现在他生气的时候，而爱不就是克制吗？

再炙热的爱也抵不过接连的伤害。

这样谈恋爱，永远不会分

一个男孩在饭局上不停地发微信，还把同他聊天的女孩照片晒给我们看，"怎么样，身材棒不棒？"但他其实有女友。

另一姑娘看不过去，提醒说："你不是有对象吗，还四处撩闲。"

他撇撇嘴："我知道，所以我又没怎么样，不过是聊聊天嘛。"

姑娘又说："你怎么不和你女友聊？"

他把手机放下，讲："天天都见面，哪有那么多话可说。"

姑娘接一句："你怎么对你女朋友这样啊？真花心。"

男孩不乐意了："我对她还不好？她让我在朋友圈发她照片，我就发了。"

但他和这个新认识的女孩又能说些什么呢？

无非是：你在做什么？我在干吗；

我碰到哪些好玩的事，吃饭时听谁讲了一个笑话；

最近出了什么电影，你去看了吗？

你这张照片很好看，肤白貌美还有大长腿。

就这么点事难道不能和女朋友说？当然不是不能说，而是不爱说。和女友的新鲜感过去，进入平淡期了。

男生需要新鲜感。

女友让他把自己照片发到朋友圈里，难道自己没有朋友圈可以发照片？不过是为了宣示主权，有安全感。

女孩需要安全感。

我大学碰到的男孩也是如此。追我的时候，天天在 QQ 上和我说话。每晚必须来找我吃饭，还要睡觉前打一个小时电话，东一句西一句，也能聊到熄灯。有什么演唱会、电影，哪怕学校院里的活动，他都特积极，拉着我去看。什么英雄联盟，寝室的酒局，学生会活动似乎统统不存在。

但半年不到，除了去图书馆这种事，就连复习考试都比我重要。

他让我养成了依赖，却放弃了被我依赖。终于在无尽的争吵中，结束了那段感情。

我想很多女孩都会有这样的困惑：为什么他刚追我的时候，一天电话不断，短信不停，就算发两条嘿嘿哈哈，也能聊个半天？可现在回信息这么慢，是不是不爱我了？以前天天找我，隔半小时就要打卡问我"你在干吗？""你想我了吗？"可现在就连每天的"么么哒"都是被逼着说的。也不主动说约会，也不主动哄我。天天打游戏，睡觉，还要和哥们儿聚会。

而很多男生也有自己的无奈：我每天那么累，还要回家和她一直聊天？朋友圈连自己照片都不爱发，却必须发她的照片？我身边哪个朋友不知道她，为什么还不高兴？天天问我爱不爱她，我不爱跟她在一起干吗？

其实，相互体谅一番就会发现：他不过是因为没有了新鲜感。

那就给他新鲜感啊。把万年不换的头型变一变；把平底鞋偶尔换成高跟鞋；把牛仔裤丢在家里也穿一回小短裙；别认为熟悉了就可以不再叫他亲爱的，该说的甜蜜话适当说几句；一个用心的小礼物也是惊喜；更重要的是，不断地提高自己，让他发现你总有不为人知的一面。

这就是新鲜感，做一个有趣的姑娘，才会让他觉得就连和你说一句简单的"干吗呢？"都特别有趣。

男生又何尝不是，人是你追来的，难道当初你就不玩魔兽，不打 LOL？为什么当初能聊天现在却不行？发朋友圈怎么了？大大方方地被整个世界知道那才叫恋爱啊！你又不是明星，更不是什么机要部门的特务、间谍工作者，有什么隐藏的理由？女生的安全感从来不是自己给的，都是你给的，你让对方觉得安心，她才能踏实舒心。

我曾经看过这样的理论：两个不熟悉的人怎么可能有信任，不过是一次又一次的猜疑，而每一次猜疑最终都验证是错的，彼此的警惕心会越来越低，也就变成了对彼此的信任。男女朋友的恋爱关系何尝不是如此？应该花更多的心思来维护这段从相互试探不信任到彼此信任的感情。

男女之间需求不同是由基因决定的，想要新鲜感是他的基因决定的,需求安全感是她的基因传达的。如果彼此都能从对方的角度考虑,尽量满足对方的这种基本需求,怎么还会有不和谐?

我花了好多年才明白这个道理,那个万年不变的我,确实让你觉得很无聊吧。对着镜子久了,就连我自己也觉得无聊。

可以穷一阵子，不能穷一辈子

草莓卷最近和男友分手了。男友四处埋怨草莓卷："不就是嫌弃我穷吗？她想买这个买那个，这就是觉得我没钱。"

草莓卷一口酒一把眼泪地在那儿哭诉："他怎么好意思说这种话，他是今天才穷的吗？他他妈的穷了半辈子了。我跟了他5年，这么多年不管怎么说都不懂得上进，一点进取心也没有啊！"

草莓卷是大二开始跟她男朋友在一起的，一路没少吃苦。自己出门的时候，很少挤公交。可和男友在一起后，总是站在公交站牌下面等公交车。

上学那会儿，就是食堂、路边摊来回转。偶尔说吃一顿好的，也只是跑到学校附近的自助餐大快朵颐，饿到扶着墙进去，撑到扶着墙出来。

看电影都是挑着周二去看，因为周二电影院半价。看完了一场偷摸溜到另一个厅去蹭下一场，俩人还开心得不得了。

男友圣诞节送她一个大娃娃，草莓卷开心地抱着娃娃睡了一整年。

毕业，俩人租了一套房子，一个月2200元的房租。草莓卷找到了工作。可男友呢？东家干一个月，西家应聘完去上三天班。今天说这家企业文化不行，明天说那家工资太低，摆明了欺负毕业生。闲时天天在家打游戏。草莓卷每天8点多爬起来挤公交去上班，中午还要回来给家里的祖宗做饭，匆匆吃一口，再跑回单位。

草莓卷和他哭过，闹过。每次一哭一闹，男友就拍着胸脯说："我明天真的去找，我错了，你别生气。""我就是之前没找到合适的，这回我一定去上班，无论什么工作我都干。"可一转身又开始躺在那做少爷梦。

草莓卷一个月4500元的工资，除了租房子，什么也舍不得买。逛淘宝要选了又选，放进购物车里20件，也不舍得付款一件。

同事们一起逛街，她用手指拈起一件衣服，看了看，撇撇嘴说："不太好看啊。"看另一件又说："太厚了，估计不会太舒服。"再指着下一件自己念叨："这颜色这么花，穿不了两次。"家里有个人要养活，有房租、水电要交，她不敢买。

分手那天，她拉着我们，咬牙说要对自己好点，也只是买了一件600块钱的牛仔裤。拿着那条牛仔裤放声大哭："怎么就把日子过成这样？"

她并不是嫌弃你穷，而是觉得跟了你一辈子都没出路。两个人的日子靠一个女孩撑，什么时候是个头？

茶姐之前接触了一个男孩，相互了解两个多月。最后男生表白的时候，茶姐想了又想，拒绝了。

我问她为什么，茶姐说："他光惦记吃喝玩，没一点进取心。每天在单位就是发信息，唯一惦记的事是怎么能早点跑出来，去哪儿打麻将，去哪儿打扑克，去哪儿玩游戏。一个月赚3000块的死工资还在那儿看限量版的鞋呢！我劝他去充充电，学一学专业知识，好好工作。他也不听呀！

"我不怕他工资低，我就怕他没有上进心。一个月3000，没问题。人不能一辈子都3000块钱还一脸坦然，心中安安稳稳的吧，等有孩子呢？可着我一个人累，我实在没信心。"

这样的故事，我听过无数个，男生最后痛骂女孩势利，似乎真的找了个看人下菜碟的女友，一副痛心疾首的模样，满世界宣扬说，还不是女生嫌弃他穷？

可是，扪心自问，你难道是装作富二代去追来的姑娘吗？你以为人家一开始不知道你穷？和你在一起是因为有感情，是觉得可以和你一起奋斗。人不怕穷，也不怕暂时过得苦，只怕一辈子没个头，不知道什么时候才能把日子过好。

如果你的女朋友埋怨过你，你要不要想想自己的原因？你是不是从来没想过认认真真地和她一起奋斗，对未来有一个憧憬和规划？

哪怕是抗战，人也要有希望。没希望的人生啊，谁也过不了。不是你现在穷成这样，是你吊儿郎当的模样告诉我，你一辈子都得穷成这样。

我也感觉冷，可我不会随便抱别人

一阵暴雨骤降，有人嗲嗔道："下雨了，真是讨厌呢。"

有人欢欢喜喜地跑去和爱的人撑伞。

而有的人硬着性子宁可自己被雨淋得浑身湿透，也要一个人默默地走。

例如我那个倔强的朋友，阿青。

阿青给我发照片，湿嗒嗒的头发服帖在肩上，脸上的妆被滂沱大雨浇得花了一团。我看着外面还下个不停的雨，叹了口气，给她回："又自己跑回去的？"

她说："是啊，出了地铁站没走几步路就下雨了，打不到车。妈的！"

我发了一个悲伤的表情说："心疼你一分钟。"

半晌，她给我回复："谁没孤独过啊，每一次走回来我都觉得很孤独。但我还是自己等雨停，自己被雨淋，自己一步步走回家。我过得也没有多顺利啊，可我怎么也没找别人呢？"

阿青的男友只不过公派出去学习一年的工夫，就和一个同公司异地但也被派去学习的女孩搅和到了一起。起初是阿青每次说想去看他,他都找了各种理由躲开。再后来阿青急了,自己每一个周末都空出来留给男友,配合他的安排,自己亲自跑过去,又不用男友回来,怎么就忙得一面也见不到?

在阿青第三次发火之后,男友终于松了口,给了阿青一个空闲的时间。阿青满腹欣喜地奔了过去,却在两个人一起度过的第一个夜里,连一顿饭都没来得及吃、一场电影都没来得及看的那个夜里,阿青等到了一个女孩的敲门。

阿青问他为什么,男友吞吞吐吐地说:"有几回我感冒、胃疼,她都请假来照顾我,又给我烧水,又给我买药,还帮我做饭。阿青,对不起,一个人在外地有时候真的很苦。"

阿青二话没说,收拾了刚刚拿出来的行李,掉头离去,直奔机场,回了沈阳。她一路边哭边想着男友刚刚说话时的脸,脑子里回放的却是自己这一年来的种种。自己重感冒的那一次,发烧一直烧到说胡话,跟跟跄跄勉强爬到了厨房,找了水,吃了药,就连爬回床上的力气都没有,转身倒在沙发上就昏死过去。灯也没关,衣服也没脱。一直到第二天,退了烧,人算是活了过来。阿青想来都觉得一阵后怕,如果当时那一刻自己死了,是不是根本没有人知道?

可是,即便如此,醒来的阿青给男友发的微信却是:"昨晚不小心睡着了,有一点感冒,现在已经好了,你在干吗?"当时的她还以为男友太忙,所以头一晚阿青没收到回复也忘记了问一问,如今想想，他当时可能正在和那个让他感觉不孤独的女孩在一起吧。

其实有一位同事对阿青异常关心，就在前一天阿青请病假时，还一直追问要不要来看看她，照顾一下，劝阿青别自己硬撑。阿青回复的是："不用啦，我男朋友已经叫了他哥们儿过来照顾我。谢谢你的好意啦。"

阿青想不通，不过就是几场感冒，和她淋了雨、发了烧、被领导骂了觉得委屈、大热天出去跑客户中暑，又有什么区别？可为什么她再苦再难都从来也没想过在孤独时找一个依靠；在无助时寻求一个人哭诉；在觉得寒冷时，随便找一个人拥抱。

可男友就能呢？

多年后，我终于明白了这个道理：
想约你见面的人，春夏秋冬都有空；
想送你回家的人，东西南北都顺路；
想和你吃饭的人，酸甜苦辣都爱吃；
想陪你聊天的人，昼夜朝夕都在线。

出轨又何尝不是如此？有一个想出轨的心，无论怎么样都会出轨。即便阿青男友这一年身体健壮，没有任何头疼脑热、发烧胃痛，他也会出轨。

一个喷嚏、一次头晕、一首共同听过的歌、一部最近上映的电影都能成为出轨的理由。这一次没机会，下一次他也会见缝插针，就算没有缝儿，也要拼了命地千方百计地找到缝儿。

就像阿青的男朋友，只是他没想过，远在这一头等待他的阿青又何尝没经历过同他一样的事情。只是在阿青看来：虽然我一个人吃饭，一个人逛街，一个人奔跑在雨中举步维艰，可我一直觉得你在我身边；难过的时候，我一个人流泪，一个人张开双臂拥抱自己，把这个拥抱想象成是你；只不过遇到诱惑的时候，我仰起头告诉对方，前方止步，我有男友。

爱情，不仅仅是你能看见一个人，更是心里头住着一个人。

——

明白的人
无论冰霜雪雨，天凝地闭
也不肯向陌生异性的暖炉走一步
不懂的人
只不过吹了一阵凉风，他就马上耸耸肩
迫不及待地向别人敞开了怀抱

有关于他的十五条朋友圈

终于在夜里 12 点,周遭安静下来。

本来极度困倦的你,却开始失眠。

即便你知道第二天早上 7 点钟要爬起来挤地铁上班,尽管你清楚你还需要打起精神在例会上发言。可你依旧睡不着,记不清是第几个夜,人流匆匆而过,车水马龙烟消云散,只剩下月亮在窗外和你做伴。

而想念才刚刚开始。

我相信,你真的不想在半夜去点开微信的通信录,搜索他的名字。可是你刚刚打了一个拼音的首字母,他的头像就出来了,智能搜索的第一位。

"嘘"了一口气,他还是老样子,头像是一张当时你帮他从 Instagram 下载的图片。

就这么不到一秒钟的恍惚,你又想起来他原来的头像是一张特别二的风景照,你嫌弃他说:"真没品位。"他不服气:"那你找一张来啊!"于是你上 Ins 翻出 N 张很有格调的图片发给他,他反驳说:"第一张太素,第二张太花,第三张非主流。"你说你最喜欢的是第四张,他说:"你这才是真没品位。"你生气不理他,可是下午你忍不住,想和他说句话,却发现他的头像已经变成了你发过的第四张图片。

至今没换。

你又开始习惯性翻开他的朋友圈,尽管已经千遍万遍,但是每次打开时依旧忍不住担心,你生怕显示的是一条横线。

果然没更新。

其实你想到了这个答案,因为他本来就不是一个爱发朋友圈的人啊。

你顺手从上滑到下面。

第1条:2014年,1月1日。

他发了一条文字:你好,2014。

那一年你还不认识他,不知道他长得什么样子。你只是一个在学校里为了英语四级不停挠头,因为生活费月光而和家里撒娇的小女孩。正在幻想毕业能够去哪座城市生活,碰见一个什么样的男生。也会因为自己的帅学长不太理会自己而懊恼不已。

第2条:2014年,5月16日。

他分享了一张图片,那是一场篮球比赛。他穿着24号球衣背对镜头,左手捧着篮球,右手朝头顶比了一个V。看样子像是赢了比赛得了奖,很酷。他球服的号码 24 号是源于他的偶像。这位偶像,在不久以前,也就是你们分手后的第一个月退役了。退役那天你也在家里默默看完了整场比赛,虽然他不在,虽然篮球你其实看得并不算太明白。

第 3 条:2014 年,8 月 20 日。

他发了一张自己的照片,在学校的操场跑步,戴着耳机低着头,红色的跑鞋透过浓浓的月色也能看清 3M 的反光条纹。他还真是臭美,那两年夜光的着装明明还没开始流行,他就已经穿着夜跑了。你想到这么拉风的人,却被自己拿下了,还真是值得骄傲呢。

第 4 条:2014 年,12 月 31 日。

他没有总结这一年,而是分享了一首歌——张惠妹的《我最亲爱的》。"很想知道你近况,我听人说,还不如你对我讲"。尽管张惠妹已经变成了弓长惠女未,可她当年是你们最喜欢的歌手啊,每一首歌,你在 KTV 几乎都会点唱。只是他分享这首歌的时候,你们还不认识呢。不过你知道的,没关系,因为再有十天,你们就要见面了。

第 5 条:2015 年,2 月 14 日。

他发了三个字:蓝胖子。

哆啦 A 梦是你最喜欢的,你说他像你的小叮当。你想吃糖,他能从衣服兜里拿出软糖，草莓味的；你弄洒了菌菇汤，他从裤子兜里掏出纸巾，心相印的；你说想看张惠妹的演唱会，他从钱包里拿出两张内场的门票，朝你眨眼睛。你们去看了，那年张惠妹还挺瘦的。是呀，两个月以前的一次朋友聚会，你们认识了，而现在你们恋爱了。

这一条他不知道是不是因为忘记了一直没删，成了你夜里失眠的一个悬案。你总是在猜，他是舍不得还是无所谓了？

此刻他的朋友圈被你翻了三分之一了。

第6条：2015年，5月16日。

他分享了一部电影，写着：确实好看。

《七号房的礼物》，那是一部韩国的片子，2013年上映的。但是你们俩对于电影信息太孤陋寡闻，2015年才在排行榜里看到评分爆表。那天晚上，你们挤在宾馆里，用iPad东翻西翻，他说想看香港警匪片，你执意要看这部。他最终陪你一起窝在床上看完了这部电影，你哭得稀里哗啦，他一边拍着你的头，为你擦眼泪，一边说："确实好看。"

第7条：2015年，7月7日。

他受你的影响，发朋友圈不知不觉开始频繁。这一天你们俩跑去公园放孔明灯，左边写着他的名字，右面签了你的名字，中间是你们一起的三个字"一辈子"。孔明灯飞得不算远，飘过树顶时，他拍了一张很好看的鱼眼照片。那时，他开始喜欢摄影，一边把那张鱼眼照片发了朋友圈，一边还说："结婚照咱俩自己拍，我要一辈子给你照相。"

第8条：2015年，8月10日。

他妈妈的生日。礼物他问了你的意见，你们两个在周六走遍了城市里的商场。选衣服怕穿起来不合适；选包包真的太贵，你们还买不起；最后你们选了一套最基础的三件套化妆品。付钱时，你死活要和他一人一半，你执拗地说："这也是我未来的婆婆，我也要出一半才对。"这条朋友圈没有那套化妆品，但是有你以为会是婆婆的照片，写着：妈，生日快乐。

第9条：2015年，9月7日。

他发了一张仙人掌，写着：新的生活。

他工作了，在一家互联网公司，做程序猿。他和你臭屁地说，他是程序猿里最帅的那个。其他人都背着公司发的双肩包，趿拉着拖鞋。你摇头说："你才不行，吹牛吧？"可你心中是信的，你也觉得他是最帅的那个。仙人掌是你送的，听说能降低辐射。

第10条：2016年，1月1日。

他写：元旦快乐。后面有一颗红心。

加了"心"是和你学的，你聊天时总爱在末尾加上一颗心，他学会了，以前他总觉得特别娘，但不知不觉发朋友圈时竟然也带上了。总和一个人聊天，就是会习惯性和他用一样的语气和一样的标点符号。你们每天都不间断,他从"呵呵"变成"哈哈哈"；从"你在做什么"变成了"你在干啥"；从"晚安"变成了"好梦么么哒"；从简单的回答变成了末尾带上一颗心。

这中间他隔了五个月空白期才有新的朋友圈，并不是五个月没发，而几乎都是你们的合影，如今统统不见。你猜不出来，他是删了还是隐藏了。所以你才会好奇，为什么他要留着那条蓝胖子，他要留着那盏孔明灯，他要留着那部电影？虽然你想了很久也没想通，不过你自己的朋友圈，你都知道，你舍不得删，都设置成了仅自己可见。单纯文字的内容没办法设置，你都在删掉以前截了图，整理在一个写着 J 的相册里，是他姓氏的首字母。

第 11 条：2016 年，2 月 28 日。

他发了一张照片，写着:朋友们，记住了，烟可以抽，酒可以喝，架可以打，有困难我能帮就帮，但是——谁要是不热爱学习，对不起，我们不认识。

他在微博上看见这个段子，笑得前仰后合，和你说："神反转。"你回复了他"哈哈哈哈哈哈"，又追了一条给他："没见过世面,学渣。"他给你发了一个撇嘴的表情,把这条段子发到了朋友圈。然后截图给你看评论,反驳你:"你看,明明大家都在笑。"

第12条:2016年,4月13日。

你们已经分手七天了,这两天你刷了几百遍他的朋友圈。这是分手后他发的第一条,写着:我是第969266位舍不得科比离开球场的人。配文是《洛杉矶的凌晨四点》。

原来他喜欢了那么多年的人也要退役告别球场了。尽管爱,但终要离场。就像你,离开了他心中的主场。原来你们真的分手了。原来已经物是人非了。

第13条:2016年,4月14日。

科比退役那天,他反而发了一条段子:这是一片娱乐到死的土地,大家只关心科比的最后一战,《太阳的后裔》大结局,却不记得4月14日发生过什么大事。遗忘意味着背叛,我太失望了——沉痛纪念东莞扫黄800天。

真是不知道他从什么时候开始变成了逗逼。就是那一天,你一个人看完了那场比赛。你知道他心中一定很难过,晚上应该会呼朋唤友喝一杯。连他去哪家烧烤店,找了哪个小伙伴,点餐是牛肉多还是羊肉多,喝了什么啤酒,是不是冰镇的,你都一清二楚。只是这一次,没有你。

第14条：2016年，5月7日。

他做了别人的伴郎。写着：算算下一拨就到我了。

这场婚礼你是知道的，一位哥哥结婚，当时邀请你们两个一起去，"弟弟、弟妹一起来啊！"如今弟弟去当了伴郎，弟妹却不再是弟妹了。不过你仔细看了看照片里的他，看起来过得挺好的。笑容和眼神骗不了人，至少比你过得好。

第15条：2016年，6月10日。

他发了德国的国旗。写着：冠军。

原来又是一年欧洲杯，德国队是他的大爱。你忽然想起，你们在一起那天，他问你："半夜有球赛，你看不？"你压根就看不懂足球，不过你却说："看。"他又问你："那我们打个赌吧？"你好奇赌什么。他发过来："你赢了做我的女朋友，输了我做你的男朋友。"半晌你回过去："好啊。"

只不过十五条朋友圈，你看完天都已经亮了，你看得真慢。

每一次翻完，你都想和他说句话，给他点个赞。可是你不敢，生怕发出去了，点赞了，他就想起来把你拉黑了。

你觉得你们不一样，他是忘了删掉你。而你不是，你却是舍不得拉黑他。

你从分手到如今已经看了十五条，不知道还要看到多少条才能把他忘掉。

你迷迷糊糊爬起来洗了个澡,自己算了算,分手也有两个月了。真是见鬼,连分手的理由都忘了,怎么会忘不掉他呢?

你收拾好自己,临出门的那一刻,忽然想起来了,分手哪有什么理由,他只是说:"没意思了,不想处了。"

我们是不是就这么散了？

▲

我采访了几位朋友，分手的答案。

李古力说："和强哥在一起那年没想过会谈到结婚，而真谈到结婚那年，才发现只能恋爱。我因为我妈。我因为异地。"

李古力回家推门进去，看见她妈正自己费力地往肚子上扎胰岛素，边上放着没倒的尿盆，屋子里弥漫着一股臊臭味。她赶忙快跑两步过去帮忙。老人低着的头缓缓抬了起来，略发浑浊的眼睛从木讷不堪到看着李古力的那一刻微微闪烁，针管还在肚子上扎着没拔下来，先是哑着嗓子说："阿古，你回来了。"

李古力在和我重复这一幕的时候，眼圈又红了。她父亲早逝，母亲有糖尿病，年纪大又添了并发症，还因此截掉了一条腿，每天都要打胰岛素来控制血糖。回家那天正巧家里的阿姨出门办事，家里只剩下她妈自己。她说："我本以为我妈有保姆照顾，日子过得不错。从没想过有一天我妈会这样。"

我当时给强哥打电话，我说："咱们不移民了行吗？"他说不行，再多给我妈雇一个保姆，让我跟他走。我就是那一刻决定放弃强哥的。

强哥是她倒追来的男朋友，费了很大力气。在强哥同意和她恋爱之前，她承诺过，强哥走到哪儿，她会跟到哪儿。强哥在前方冲锋陷阵，她就在后方做坚实的后盾。从大学到毕业，她跟着强哥去图书馆，去他的教室上课，去他打工的外卖店打工，去他选择的城市工作，去他老家过节假日。可五年之后，强哥确定要移民，李古力却放弃了。

我劝她和强哥再谈谈，她说：

"其实我早就知道他的答案，这座城市太小了，让他来做什么？我爱他不是为了拖他后腿的。我又希望他说留下，可我又希望他能走，见更广阔的世界，做他爱做的事。可是，你没听过吗？歌里是怎么唱的，'输了你，赢了世界又如何？'"

李古力特别坚定地看着我："我希望他爱我，更希望他过得舒服。好的爱情并不是让一个人为你放弃什么，而是让一个人能够更好地得到什么。我已经做不到了，他还可以。

"放弃我喜欢的人其实没那么难。只不过有时候可能你真的忘了，但输入法刚刚按一个Q，就会出来他的名字。它还没忘。"

大白说："友情与爱情都很重要，我无法选择，造成的伤害既然难两全，那我选择离开。我因为闺密。我因为背叛。"

大白要用男友电话看视频的时候，在浏览器里发现了一个浏览记录，记录里显示的是前天她推荐给闺密一个旅行城市的搜索信息,而她从没对男友提起过,并且那座城市完全不主流,小众到了极致。一阵心跳加快和肾上腺素分泌加速让大白无法冷静。于是,她哆嗦着打开男友的微信,翻到闺密的朋友圈,点开的每一张照片都无须加载。又在搜索里搜索了闺密名字的其中一个字,常用联系人的第一位是闺密。那一刻,她知道自己遇到了最狗血的剧情。

男友发微信时,喜欢在后面加省略号。于是她模仿男友的语气,给闺密发了一句"亲爱的……"不一会儿,新的微信传送过来:"怎么了?"大白空了一会儿,发了一条语音,内容很短:"我是大白。"声音却颤抖得像在KTV唱了韩红的歌儿。

那头开始了死一般的沉默。

大白说:"我就是那一刻决定放弃的。但凡他们考虑了我一点,就不会往这条路上走一步啊。"

故事很俗套,不过就是三人聚会聚得多了,便成了台面上的我们不熟到私下里的偷情。好在两个人没有求大白成全,而是男友跪下认错,求大白别分手,闺密哭着认错,求大白原谅。我说:"你没考虑过,原谅一个,选择一个吗?"大白摇了摇头:"我那么喜欢他,我那么信任她。她应该是我婚礼上的伴娘啊。

"我曾想过,这世界上任何人离开我,他不会离开我。这世界上任何人背叛我,她不会背叛我。现在除了选择远离他们、远离这段记忆,我还能怎么办呢?

"以前我从没想过放弃我喜欢的人,我想过他有一天一贫如洗,想过他可能会很懒惰不上进，想过他生病或者遇到什么大灾大难，但不管日子好坏都要陪他一起过。可我从没想过背叛，我应该怎么做。"

我说："独自喜欢一个人太累了，熬不住的那天我放弃了我喜欢的人，是因为决定选择喜欢我的人。"

我坐凌晨的红眼飞机到沈阳，外面下着瓢泼暴雨，困得睁不开眼睛，又着急等待行李出来。已经深夜了，他说要来接我，我怕他在门口等急了。可我打电话给他，一直关机。在航站楼门前等了半个钟头，也没看见他的车。从一群人和我站在一起等，到最后就剩下我自己站在那里。深夜机场的灯依旧是亮的，雨中的车也都离开了，原来只是多余了我一个。

我知道他可能没来，可又不敢走。我怕他在来的路上，我一遍又一遍地打电话，都是关机，很怕他雨天视线不好出了什么事。就是那个晚上，我最不知所措的时候，追了我很久的宝哥，恰好给我发微信。宝哥到的时候，我一个人在门口站着。他走过来拿行李，"走吧，我送你回去。"

"我不能走，万一他来了呢。"

"那我陪你等，咱们俩去车里等，这没地方坐，下着雨，你容易着凉。"

我在车里等了他一夜，第二天早上 7 点钟的时候，他给我打电话说昨天电话没电了，半夜闹铃没响，跟我说对不起。雨已经停了三个小时,我和宝哥还在机场前面没有动过。我说:"好,我知道了。"

车里太静了,宝哥听得清清楚楚,他张口说:"也许,他真的是一次意外呢。"他又说:"要么,下次你告诉我,我也来接你。他来了你就直接走,他没来,我再陪你等等。"

其实我想,借口真的很烂,如果真想联系我,哪怕去月球了,哪怕手机炸了,也会告诉我一声的。

我就是那一刻决定放弃他的。

就像那句"你走了真好,不然我总担心你要走"。

好的感情相差无几,而不好的爱情各有难处。所以可能因为另一个人,可能因为另一座城市,可能因为另一段感情放弃我爱的人。但总归是,我爱的人一定没那么爱我。

单纯而执着地爱一个人很累。

我们是不是就这么散了?

那就散了吧。

当决定放弃的那一刻,才发现,终于可以不再爱你了,也终于决定放过自己了。

挺好的。

爱你，才会轻易被你的言语击伤

已经很久了，记不得从什么时候开始，我不再用自己的伶牙俐齿作为攻击别人的方式，不再在言语上和别人逞强示威。遇到我讨厌的人，懒得多说一句，只想默默走开。而面对我爱的人，舍不得训斥一句，宁愿多承受一点。毕竟在气头上说出来的那些话，解了一时的愤恨，却在心里烙下很深的裂痕。

以前实习期的一位同事，因为工作操作不熟练总出错，被领导苛责，我们能听见她在小办公室里被领导吼："你长脑袋了吗？你是猪吗？这你都不会，还得和你说几遍？"每次大办公室都静悄悄的，大家装作做自己的事，可耳朵偷偷跑出去听领导是怎么骂人的。但她出来时，从不见她红一次眼睛，走路时后背笔直。

也见过两次她被客户指着鼻子骂："你们这是什么员工，就这种能力还上什么班？给我找你们经理出来，以后这样的人就别让她出来丢人现眼了！没那水平就别嘚瑟。"可她还是一脸笑容地鞠躬道歉，从未流着眼泪跑进公司后方的休息室，仍旧该做什么做什么。

我唯一见过她哭的两次，是和男友吵架。

一起吃饭时,隔着手机和桌子的距离,我都能听见她男友在那边恶语相加:"你自己胖成什么样不知道吗?你那腿肚子和我胳膊都一边粗了。还吃啥啊,死胖死胖的。"她撂下碗筷,哭得特别难过。那次的中午饭,她再也没动一口。可我知道,她来之前一直嚷嚷着:"忙活一上午,都要饿死啦!"

还有一次是晚上下班,剩下我和她在办公室整理一个文件。她男友在楼下等她,等得不耐烦,上了楼,两个人说着话吵了起来。她男友指着她:"你以为你家里有两个钱我就得点头哈腰的了?告诉你,要不是你有个好爹,就你这样的,什么也不是!"说完转身就走了。

她蹲在那儿哭了很久。我看见从她男友张嘴的那一刻,她就哭了。

再后来,我离职前,我们一起吃饭,我问她:"客户老板那么骂你,你不难过吗?你是真厉害,我就看你哭那么两次,还都是因为感情。"

她说:"老板骂我,客户骂我,难过啊。但是没什么,只要以后好好做就行了,如果觉得自己没做错,就当耳旁风呗。随便遇到一点事就要哭一场,那我这辈子要成孟姜女啦!可男朋友不一样啊,他说的每一句话我都特别在乎。他说我穿的白衬衫好看,我会开心好几天;他说我身材不好,我会难过好几个月。因为爱他,才会在乎他的每一句话。没办法做到不伤心难过。"

我和前任吵过一场特别激烈的架。起因就是一点小事，后来越吵越凶，扯着脖子和对方喊，我站在床上蹦起来大叫："你本来就没钱啊！你本来就是穷！还不让我说了？如果没有家里贴补咱们俩，就凭你啊！你有什么资格不让我说？"

他把电话摔在地上，一声不吭。

过了很久，他说："如果对面这个人不是你，我可以打他、骂他、羞辱他。我不是不会骂人，我也不是脾气好。可对面这个人偏偏是你，我不能打你，也不能骂你。但是你说的每一句话都像一把锋利的刀子，扎在我心里。到现在，我都没办法忘了。"

真的没多久，我们就分手了。

我后来也碰见了特别气盛的男孩，因为我要在家里写推送，没时间和他去看电影。一言不合他就开始说我："你写那玩意儿哪有人看啊，一点深度也没有。"

我真的用心把他当朋友，听了他的话很难过很难过。至今提笔写到这件事，心中还有涟漪。

我也想过，我不是笨嘴拙舌的人，也不是不好意思骂架，更不是好脾气的姑娘。可我没和他理论的原因是，他是我心中有分量的人，我不忍心像他这么伤害我一样再去伤害他，因为我知道那种感觉多难过。

实习期那位同事的男友、曾经的我和如今的这个男性伙伴都很幼稚。语言本身并没有杀伤力，即便那些字拼凑在一起如此恶毒，可又能怎么样呢？俗话说："狗咬你一口，你还会咬狗一口吗？"

难过的是，那并不是一个不相干的路人甲，从谁的嘴里说出来才是伤害我们最大的原因不是吗？我们都希望被自己在乎的人认可，被自己心爱的人也爱着，又怎么能做到听到那些话不难过？

心口不一，一时气愤说出的也罢了；认认真真，为了羞辱对方，逞强脱口而出的也一样。一个不爱你的人，你永远没办法用言语伤害，只能换来同样的恶语相向。

只有爱你的人才会让你有机会赢了这场嘴仗！

周末，我作为家长参加了妹妹学校的一个大学生辩论赛自荐会。一共需要四名辩手，有几十人报名。其中一个男孩傲气凛然地说："语言就是我无形的武器，我用一句话就能把人辩得哑口无言，让她马上掉眼泪。"

一位当评委的学长问："她是谁？"

男孩说："我女朋友。"

最后那位男生根本没机会发挥自己所谓的语言优势就被淘汰了，他特别不服气，梗着脖子问："为什么？"

之前提问的那位学长说："这个年代气哭女朋友还算本事了？学辩论以前，先学会珍惜吧。"

寇乃馨在超级演说家舞台上的演讲：《别对你爱的人飙狠话》。我想所有和爱人说过狠话或者被狠话伤过的人，才会懂得这个真谛。

装在套子里的人

权哥之前网交了一个小女友,兴奋公布,这一次找到了真爱!甚至不远万里跑过去找姑娘。

可没多久,又传来分手的消息。

分手后小女友一路追到沈阳,找不到权哥,便找我哭诉:"六六!为什么他要分手?要不是他当初拼命地追我,我会同意吗?"

我特不愿意做媒婆,东面劝完劝西面,琐碎不堪。可姑娘哭得暴雨梨花,显然不肯罢休,已经在我家住了四天,似乎我再不答应,就能晕倒在客厅里。我只能勉强点了头,"那我劝劝吧。"

随后我跑去问权哥:"好好的干吗分了?"

他说:"怎么算好好的?她根本不是我在网上认识的那个人,差好远。"

"她也不是照片骗子呀,小尖下巴,大眼睛。你是不是也太挑剔了?"

"不是长相,是说不明白话。我和她不知道说什么好。在一起能说两句话都困难。"

我其实心里很赞同这种观点，爱情不就是两个人吃很多很多顿饭，讲很多很多句话吗？若这两个条件均成立，这段爱情也不一定有结果，但若有一个不成立，那么这场爱情一定没戏。

可我不明白，在网上聊得热火朝天的两个人怎么就见面了没话说？

我问权哥："那你追人家的时候，怎么就有共同话题呢？"

权哥大呼冤枉："追她那会儿，我说喜欢看球，她就和我谈论舍甫琴科；我说喜欢阅读，她同我讲《文化苦旅》；我说股票大盘不稳定，她同我分析 K 线和市场经济。这哪个不是共同话题？"

"那后来呢？"

"后来，我忍不住飞过去找她。可她再也没提过舍甫琴科，也不说《文化苦旅》了，K 线和大盘从此也开始藏猫猫了。"

"那你们聊什么？"

"她同我说，TFBOYS，你知道吗？三个小男孩的组合，唱歌的。再不就是电视剧，都是现在热播的，可我有几年没打开过电视机了。要不就同我说八卦，聊他们单位谁谁有多坏。跟以前完全不搭啊！"

我又跑回去，问姑娘："你的足球呢？你的书呢？你的股票呢？"

她眨着眼睛说："那些东西我也不懂呀！我都是网上查的，他喜欢，那就聊聊呗。"

我想说一句："天哪！那什么是真的？要装也要装一辈子才行呀。"

她见我半晌不说话，一脸无辜地追问了一句："这事算大吗？这点事就分手了？他一定有别人了！肯定的！"

我实在不知道怎么劝下去。

姑娘又愤愤不平："我都追到沈阳来了，他还不肯来见我！"

我心想：妹妹，他也飞到那么远去看过你呀。就算你追到天涯海角，他依旧和你没话聊呀。

但同样作为姑娘，我理解她。所以只好找来权哥，同她好好聊聊，姑娘总算同意先离开了。我俩赶忙给买了回程的机票，又一同把她送到机场，她还在恋恋不舍地一步三回头。

我曾写过一篇故事，讲一个女孩本人不漂亮，身材也不太好。于是动起了小心思，买了神器又用各种 PS 软件把自己包装成女神。每天诠释两种角色，生活中的她和网络里的女神。后来，蠢蠢欲动的她找机会认识了上学时心仪许久的学长，同这位学长网聊了一年有余，给学长邮寄各种礼物，学长多次提出吃个饭，她都不敢见面。最后姑娘极力挽回，但学长态度坚决，一个连面都没见过的人，这是谈的什么恋爱呀！这场虚幻的交情，就连不再联络那天，学长都不知道究竟为什么这位姑娘不愿意面对面地见一见。

我还曾听闻过一对被大家茶余饭后谈论的夫妻，结婚之前，男孩以为终于找了个安分守己的姑娘，女孩也觉得终于寻觅到了家境殷实的伴侣。而实际上，男孩很好地诠释了一句话"我没钱，可我敢花钱"。女孩也曾经是夜店、酒吧的常客，阅男无数的老司机。婚后，双方发现了事实，不过米已成粥，只好勉强过下去了。听说日子不太好，相互埋怨就不用再提，还总会大打出手。

我想在漫长的岁月里，他们彼此会原谅曾经的不真实，但改变不了双方都不是起初想要的伴侣和人生。

如果那位姑娘从一开始就说清楚自己喜欢电视剧，从不看球，爱听偶像歌手，不认得谁是周国平，谁是余秋雨，喜欢逛街，更不知道股票是什么鬼，和K线有什么关系。那么我想，他们也许会在各自的生活中好端端地待着，不会有这样天南海北的交集。

如果笔下的那位不漂亮女孩，不再每天无止境地修照片，不再自己把自己装在虚伪的套子里无法自拔，那么她也不会开始这一段虚幻的恋爱。

如果后面的这对夫妻，从一开始就彼此没有包装和隐瞒，坦诚以待，那么也许能够找到更适合的伴侣，又或者会彼此为对方牺牲，真心实意地结合。

用谎言验证来的永远是谎言，这是亘古不变的真理。

生活的确是一个舞台，可我们也无须勉励自己去扮演强求的角色，因为总要现出原形的。

我一向很赞成克里希那穆提所说的："我们每个人都喜欢炫耀自己，显示自己拥有一些什么东西。你知道一朵水仙或者一朵玫瑰，它从来不假装，它的美就在于它本来什么样就是什么样。"

你是要同这个人过一辈子。你从黎明到深夜，一直将会在这个人的身旁；你从健康、疾病直至一方死亡，也将同对方一起度过。要隐藏什么？要假装什么？我想一个人想要获得实在的幸福，不必太傻或太聪明，不必太光环或太隐晦，只要真实一点就好了。

不刻意隐瞒，不竭力夸张，只是真实一点，就像你本来的样子。

相遇那刻，就知道我们不会太久

一个女孩夜里给我发了一段留言，大概是说，她喜欢上一个男生，是男生先撩她的，通过一个群两人加了好友，她每次发朋友圈，男生就私聊她：

"你也去看电影了？不带我呢。"

"哪家餐厅啊？下回带我一起去，你请客，我掏钱。"

她形容，男孩说话挺幽默的，一来二去两人便熟悉了。见了面，吃了饭，喝了酒，牵了手。

她问男孩："我们什么关系啊？"

男孩说："你是我女朋友啊。怎么，不愿意啊？"

她心里乐开了花，嘴上还不服气："对啊，我不得考验考验你？"

男孩做得挺周全。平均每周找她吃三顿饭，看一场电影，逛一次街；月经时给她买红糖姜水暖宝宝，哄她开心；深圳天热，夏天能接她时都不让她自己打车，虽然一接一送路都挺远的；还主动带她去旅行，太远的地儿去不上，附近也走了一圈。

男孩总是摸着她的头说："幸亏遇见了你，不然我在深圳连个朋友都没有。"她恍然大悟，真的没见到男生的什么朋友。在这种城市里，一个人初来乍到，很难能有家的归属感。她愈发心疼男孩，对男孩说："你有我啊，我一直在。"

男孩老家在深圳周边的三线城市，每周末都要回去，也总因为不能陪她而道歉，"对不起啊，家里老人岁数大了，总想回去陪他们吃个饭。"她也觉得委屈，不过每次一听到这些，心里也就理解了。女孩老家在东北，一年就回家一次，也想爸妈，想着自己的爸妈照顾不到，他的爸妈能多照顾照顾也是好事。

一晃过去了一年。

男孩家里有事，消失了好几天，再出现时，和她说："我们分手吧。家人病重，我得回去。医药费需要一大笔，不能拖累你。"

她不同意，她说想好了，只能同甘不能共苦这算什么爱情。她又不图钱，他们都年轻，再赚钱慢慢还就是了。

俩人抱头痛哭了一场，她一再坚持，男孩却不告而别。

她没去找男孩，却憋足了劲儿攒钱，打算熬过这个季度，能有一笔季度奖金。奖金到手时去找领导辞职。领导一再跟她强调公司发展潜力很大，晋升机会很多，但她执意离职。然后像疯了一样去找那个男孩。

可是她忽然发现，她没地方可以去找。男孩手机关机，微信再也没更新，老家就知道城市，具体小区全然不知，工作又离了职。她很无助，发了一张和男孩在一起时拍的照片，配文：想念。

这是她第一次秀恩爱，也是最后一次。

有个平日里少有交集的客户留言说："嗯？你们认识？"她欣喜若狂，马上问客户能否找到他。客户说："你们这……他不是结婚了吗？"

她拼命求客户，才知道一点点真相。客户和男孩是多年前的同校关系，男孩毕业就结婚了，来深圳学习一年，还和那位客户吃过两顿饭，没离婚，谈起老婆说过得挺好的。客户给她看了男孩的微信以便再次确认，一个微信号，还更新得很频。只是对她分组可见罢了。

所以啊，男孩不是真的没朋友，而是朋友不能让她看见。

男孩用抱歉的语气和她说周末回家陪家人的时候，真的是陪家人，家里的老婆，领过证的那个。

男孩拿家里人生病为由撒谎的时候，就和别人的"你太好，我配不上你，我不喜欢你了"没区别，这只不过是一次分手的借口而已。

她问我的最后一句话是："你说，我是不是很傻？"

现在有太多这样的"单身男女"，女生有男友也说自己是大龄剩女，结婚了却隐婚，处了对象还装作缺一个懂自己的人；男生有八个暧昧的备胎，一发朋友圈却说他一个人走走停停。

碰见了这种人，从认识那天就意味着这是一场套路。你不会出现在他的朋友圈，即使逼着他发一张照片，也是分组的信息；被动选择性地见朋友和家人，一辈子也不会有昭告天下的可能。

他有一大堆的烂借口打发你：爱情是两个人的事，没必要广而告之；同事容易议论，离远一点是好事；我们都是成年人，你看我朋友圈什么照片都没有。可是他有本事暧昧，你让他公开一个试试？究竟从什么时候开始，单身才可以恋爱这种基本原则竟然成了一道选择题？

等一个不爱你的人来爱你不算亏，等一个有正牌女友还要隐藏的人才叫伤。这是真正的在机场等一条船，等到机场有一天学会了打烊，船也压根就不曾起航。

每一场相逢都是命，无论结局好坏，但是我相信过程中一定有真诚。就像你说你爱我的时候，我相信你是真的爱我，所以才会哄我宠着我；可我也相信你说你不爱我的时候是真的就不爱我了，所以看着我哭，却连安慰的话都懒得说一句。

不过，不管结果如何支离破碎，回忆至少都带着真挚的感情，等天黑风起，等我失眠时，想一想也觉得青春没白过。既然跟谁都要浪费，跟你不也挺好的。毕竟可以彼此坦诚地说爱过。

可那些从一开始就昧着良心撒谎的，你他妈的想过吗？你不是毁了我的感情，你也毁了我这一生中的一段真诚。

所以，那个女孩问我她是不是特傻时，我告诉她：

"你不傻，你是太重感情，太真诚，只是你碰到了一个充满薄情又套路的世界。可这不是你的错。努力保持这份真诚，直到有一天你碰见另一个真诚的人，才能不错过。"

天大的委屈都抵不过和他在一起

很多女孩和我说了千奇百怪的爱情，但情绪是一样的，过得不开心。

有姑娘追男生久追不下，发了信息回复都是潦草几个字，找了吃饭约会看电影都不出来，就连过节的红包都不肯收，只能在微信里远远观望。

有被人暧昧，明明从早到晚都联系的，刷朋友圈却忽然看见他发了一张与另一女孩的合影。没有任何解释，从此杳无音讯。

有不小心做了小三的姑娘，因为对方承诺分手而选择一再降低自己的底线，却迟迟等不到。对方在两个人之间游走多时，愈发肆无忌惮。

有姑娘发现对方出轨，舍不得分开，不敢当面质问，一个人熬过漫漫长夜。不知道该如何解决，想就这么装作不知道，心里却生了根，发了芽，长出黄连的尾巴。

也有很清楚地知道自己正被对方冷处理的姑娘，像一只待宰的羔羊。可似乎能多在一起一天都是好的，每天都在煎熬，但每晚闭上眼睛又觉得真好，今天没被分手啊。

你明明知道自己过得不高兴，你明明知道他没那么喜欢你，你明明知道分开更好一点。你心里下决心千遍万遍，信誓旦旦地告诉自己再也不要理他了。可他只不过给你发了一条微信，你连眼泪都来不及擦就马上跑过去回信息，可回完了对方又没了音讯。

你对你妈你爸都没这么好。

你一天想不起来给他们俩打一个电话，他们给你打个电话说不到 10 分钟你就烦。微信发不了两条，你就忘记回。可你却从早到晚想给他打电话，和他聊两个小时也舍不得挂，微信发到手机没电都放不下。

你在家一顿饭不做，不好吃的饭菜还甩脸子，连碗都不肯捡，不叠被、不洗衣服、不干活，你妈还得天天问你想吃什么水果。

可你却给他洗衣服、叠被、收拾房间，买菜照着网上的菜谱学着做。他说好吃，你乐得团团转。

你对自己都没这么好，你却对他这么好。

你自己看了两件几百块钱的裙子，思来想去都舍不得。健身卡因为太贵没办，天天挤地铁，蹭 WiFi。可你在他生日前两个月就开始想应该送什么，把那点存款小心翼翼查了又查，跑去奢侈品店咬牙买了他只提过两次的新品，还担心他会不喜欢。

最重要的是你对他能做的都做了，能尽的力气都尽了，他却依然说不理就不理，说不见就不见。

你问自己。

干吗这么委屈自己？

但我们心里都清楚。

因为天大的委屈都抵不过能和他在一起。

我不劝你分开，也不骂你头脑不清醒。只求你尽量对自己好一点。多吃点好的，多赚一点钱，多去健身美容，多抱抱自己。因为你终究不会这样过一辈子，即便你那么不想分开，总有一天，在漫长的岁月里，你要自己走下去。

不管这场你和他的电影是喜剧片、恐怖片还是谍战片，落幕那一天，电影院将会一片寂静。不管过去一年两年还是几年，早晚要有下一场电影上映。

其实又何止是你自己。很多人都有过一面擦着眼泪，骂着混蛋，一面迎着太阳和风，孑然前行的时候。可我不管劝你什么，我知道都没用。他让你落下伤心的病，可偶尔的一颗药就能再让你过下去。

你说说你这个人多奇怪，你曾经遇到了天大的委屈也一声不吭，只要一提到他你就马上泣不成声。不过人都是我们遇的，感情也是我们自己交付的，总要吃一点亏才能在心里留下痕迹。

哭吧，哭出来就好了。感情堆在心里满了，就用眼泪溢出来。

你想他吗？

我陪你。

白落梅曾说过："在这个光怪陆离的人间，没有谁可以将日子过得行云流水。但我始终相信，走过平湖烟雨，岁月山河，那些历尽劫数、尝遍百味的人，会更加生动而干净。时间永远是旁观者，所有的过程和结果，都需要我们自己承担。"

Part 4

你只欠自己一个拥抱

朋友圈没有任何感伤，没因为失恋而刻意熬鸡汤；
出门在外也没莫名惆怅，看见什么都会掉泪追忆一下往事；
没瘦，没胖，没喝酒宿醉，没学会抽烟，也没去疯狂泡夜店。
她还是那副静静的模样。

一边失恋流泪，我也要一边涂口红

闺密失恋了，哭了一夜。哭得我心都要碎了，看着特难受。那个男孩和她已经谈婚论嫁，正打算装修新房，却突然分手，甚至连一点原因也没有。

她还在为他准备生日礼物，在订了蛋糕的那个下午，男孩说："我们分手吧。"从此人间蒸发，任凭打电话发微信，如何联络都没消息。

可闺密第二天爬起来顶着肿成桃子的眼睛，打电话订了嫁接睫毛和做指甲。又开始挨家美容院询问皮肤护理和微整形的价格。她一边整理前男友送的鞋子，默默流泪，一边梳理自己目前的缺点，一边计算把自己变好需要花多少钱。

几周后，变得很好看的她和我去吃饭时，被一位男孩搭讪。男孩外在看起来很优秀，约了她看电影，又在雨天主动跑去单位门口接她，会打电话哄着睡不着的她，让她入眠，也会贴心地记住她提过的书买回来送她。目前两个人仍在联络，男孩子对闺密很上心。

其实这期间她一直很难过，晚上会整夜整夜地睡不着，一看见和前男友有关的东西就会落泪，会一遍又一遍地翻他的微博，无论说起什么话题，都会不自觉地提起他，想到发疯时甚至会忍不住蹲下来抱着自己哭。

可她一直也在不断努力变好。没有因为失恋而暴饮暴食，反而体重瘦了10多斤；把头发剪成利落的短发，又去染了颜色，显得很调皮，肤色也衬得好；买了美瞳，摘了眼镜，还打了两针玻尿酸，五官特立体；从平底鞋、运动鞋换成了细挑的高跟鞋。也正因为如此，她才会遇见在餐厅同她搭讪的那位男生。他们不一定会在一起，但至少她身边有了新的异性陪伴。

我觉得这才是失恋后应该做的事。

有阵子迷《欢乐颂》，看见邱莹莹因为失恋而丢了工作，号啕大哭，气得我恨不得跳进屏幕给她两个耳光。好好的姑娘干吗把自己作成那样？别说是一渣男，就算这男孩儿特别好，不也已经不是你的了吗？把自己作成黄脸婆不是更没人要了吗？哪怕你腹有诗书，人家如果连理都懒得理你，你哪来的机会展示你的满腹经纶啊？

想起几年前自己碰见一个男孩，信誓旦旦地同我讲："我不能同你谈恋爱，因为我事业在上升期，我没有时间，也没有精力，照顾不到你，可我很喜欢你。我们先从朋友做起，慢慢发展。况且你离我太远了，你在沈阳，我在大连，我不相信异地恋。"

我相信他的话，泪眼婆娑，只恨自己没有在对的时间遇到对的人，可没到一个月，我就看见他谈恋爱了，女孩是南京的，比我远了太多太多。他也不怕照顾不到了，也相信异地恋了，我去看了那女孩照片，特漂亮，皮肤看起来就透亮，个子很高，身材也棒。

而那时的我，脸色蜡黄，皮肤还长痘，同好看真的差得太远。如果是我，我也会选择那个女孩，至少带出去有面子，自己一天再累，晚上看见这样一张美艳的脸也开心。

从那以后，我问过许多男生，没有任何一个人告诉我他只看内在，不看脸。所有人的答案都是，在脸能接受的情况下再去看性格是否合适。于是我很努力地让自己变好看，想办法祛痘，保持好身材，学会化妆和穿衣打扮。直至今日，随意发朋友圈都会有人说美女；出去拍了全身照片也能被人说腿真美；走在路上也会被多看几眼。

人真的都是练出来的，总要试着越过越好才行。你永远在 C 档上，是没办法碰见 B 档的男孩子，更够不到 A 档的人生。我特烦那些一失恋就活不起的人，把自己作得破破烂烂，因为不断宿醉而变得肥胖，因为自暴自弃而变成邋遢，满身散发让人嫌弃的负能量。

人心都是肉长的，一同度过那么多时光，哪有人失恋了会不难过？哪有人失恋了会拍手庆祝？我们都是在无数个夜里睁着眼睛等天亮过来的，我们没办法听难过的歌、看难过的电影，不敢翻开任何秀恩爱的小说、打开一部有情人的电视剧。

你可以一个人时偷偷难过，可总还要活着不是吗？你变得更好才会有更好的人生等着你。你除了有爱情，还可以有钱，还可以有一张好看的脸哪。

那些好看的姑娘我绝对不相信不曾失恋过，只是她们挺过来了。在那些下雨的天气里一边哭着，一边化妆，一边难过，一边涂口红。

他配不上我

· 他配不上我 ·

一年前,我偶然认识一位在沈阳电台做企业广告采访的女主播,那时她刚恋爱,满脸羞涩和幸福。而今,她分手了,清空了朋友圈,出去玩了一大圈。后来她发了一张照片,眯着眼睛笑得特别漂亮,地点是在瑞士,阿尔卑斯山。

她嚷嚷回来给我带礼物,闲聊时提到分手的原因。

她淡淡地说:"他配不上我。"

主播姑娘是那种很普通的姑娘,皮肤偏白,微胖,脸很圆,有几粒零星的雀斑,鼻子不算挺,有两颗小虎牙,笑的时候很可爱。身高一米六二,因为觉得自己腿粗,最喜欢刚过膝盖的连衣裙。

她大学是国内播音专业数一数二的名校,可正是因为上镜不好看,面试了很多电视台,最终却回沈阳做了一名电台主持人。我认识她时,她一直为自己的条件感到自卑。

她男朋友正是她采访的对象。真的很帅,走在马路上,会让你忍不住回头多看两眼的那种帅。在国外待了将近 10 年，回国后在家里的公司上班。因为需要为公司的新产品做宣传，所以认识了主播姑娘。俩人走在一起，周围人都大跌眼镜，就连她自己也诚惶诚恐，不知道自己修了哪门子的福气，被男友看中了。

主播姑娘很用心对待这段感情，男朋友嚷嚷要减肥，教练制定了菜单，她也陪着男友吃减肥餐；她平时最喜欢吃辣的，现在也戒掉了，生怕男友一个人看她吃觉得馋，坚持不住；男朋友创业总加班，她下了班按照减肥食谱做好饭，给男朋友送过去，沈阳的傍晚超级堵，她就挤地铁去送饭；一个月 2600 块的工资，却看见什么好东西都想给男朋友买；平日里聊天，三句话都离不开那个男孩；男朋友应酬宿醉，她就在家里等，困了也是在沙发上眯着睡。

我本来以为是她男朋友提的分手，问她是不是特难过。她摇头说："不是，我提的。"

她接着说："很惊讶是不是？可我真的觉得他配不上我啊！"

"我和他很多次开车的时候，红灯停下来，有那种敲车窗户的乞丐，他都要摇下车窗对人家破口大骂，恨不得骂出祖宗十八辈。每次我看见都觉得不舒服，可是和他说了很多次，他都毫不在乎地说：'他们就是欠骂啊，垃圾！'

"在外面逛街，路过那些发传单的小孩，他接过传单转身就丢在地上。我劝他要么不要接，要么就丢进垃圾箱，不要丢在大街上，这样不礼貌也破坏卫生。他又是那种表情，'那能怎么样？清洁工不就是干这活的吗？'

"他和几个朋友一起吃饭，在饭桌儿上称兄道弟，好得像同胞兄弟一样。可是出了饭店的门就跟我讲：'这帮人，没钱还能装×，穿的都是假的，跟谁在这装一家人呢？穿假货也好意思说自己有钱。穷屌丝！'

"虽说是创业，可大部分时间都是他爸爸推着他走，不催促他，他就坐在家里玩游戏，一玩一天。一会儿喊我说想吃饭，两会儿叫我说喝可乐，三会儿输了又在屋子里大骂大喊，邻居来敲门也完全不搭理。

"他也不关心我怎么样，工作如何，单位有没有事情。他什么都不关心，只关心他的一亩三分地。我主动和他说，他也魂不守舍不爱听。

"我觉得他不缺女朋友，缺的是保姆罢了。"

· 放手是最好的选择 ·

她说完，我脑中立刻脑补出了这样的一个男孩形象：很自私也很自我，从不考虑别人好与坏，没有礼貌还作。他很帅，穿衣服很好看，有钱有颜，却金玉其外，败絮其中。看起来的翩翩公子，实际上的草包一枚。

这个女孩完全不是这种类型。她活得特别阳光，明明在一座小城，艺术资源并不多却坚持自己的梦想，力排众议，考入了想去的大学。明明在一所颜值超高的大学里，即使知道自己的外表不占优势但依旧很努力地拼搏。

我问她，没犹豫吗？很难找到外在条件这么好的男孩子了。

她看着我说："肯定会伤心，可两个人对着天天看，就算再好看又能怎么样？长得再撩人看久了也会腻，钱再多不会赚坐吃山空也会没。我每天都在认真地过日子，和一个不认真的人在一起，让我觉得浪费了自己的执着和努力活下来的每一天。"

长得美挺好的，看起来舒服，想一直看下去；有钱也超级棒，可以不用拼就有大房子住，有好车开。可是相对于时间来讲，你这一辈子的每一年都只会有一次，你荒废了，就是荒废掉了，拿什么也补不回来。

她说，相比有钱的好看的，更想要的是一个有涵养、有上进心的人。

我们都会被一时的金钱和长相迷住眼睛，可那只是暂时的。日子相处久了看的是人品，是涵养，是上进心，是一起走下去的决心。你不用大富大贵，但是愿意和我一起吃苦，一起赚钱，一起拼搏；你不用才貌双全，但是待人温和、宽容大度，能和我相互理解。

我也许没有那么好看，也没有很多很多的钱，可我在努力地生活，追求自己的梦想，想和你一起为这一生拼搏。

如果你啊，不对自己认真一点，那么你真的配不上我。就像那个主播女孩，即便迈着小粗腿，颜值也不行，也可以昂起头说："分手吧，你的态度，配不上我。"

可以说我很贵，但我从没让你必须埋单

▲

我姐昨天被甩了，而且被我姨大骂了一通。

整件事情从头到尾，我姐都不知情。我姨打电话，开口就是质问："你已经名声在外了，你知道吗？你能不能省一点，别那么瞎花钱？你知不知道人家给你安排相亲，男孩一听是你，都马上摇头，说你不会过日子？"

原来是我姨的一位朋友听说我姐还单身，好心当红娘，帮我姐安排了一次相亲。男方家长详细问了情况，美滋滋地回家和自己儿子讲："我给你找了一个文化人，律师。"

结果男孩一拍大腿说："她呀，我听说过她，她太败家了。我有朋友提过她，她那包都可贵了，而且还爱买名牌，化妆品都挑好的用，美容院办卡，美甲办卡，做头发办卡。这女的，我可跟她处不了。"

我姐听完满脸黑线跟我说："这关我什么事？我花我自己的钱怎么了？我都要30岁了，难道我还要仗着自己年轻，脸上什么都不涂吗？眼霜、精华、晚霜，哪有便宜的啊！兰蔻菁纯一套下来

都要上万了，难道我为了省下一万块就不顾我这张老脸了？还是说我的手指甲就必须干巴巴的，都不能去做个美甲？

"一次 580 元，存储值卡可以打 6 折，我不办才是傻吧？或者我应该去路边摊买一把五块钱的剪子，自己回家剪头发？为什么我这个岁数要过那种人生啊？关键是我花自己赚的钱，平时还能补贴家里，略有结余，这也有错了？"

漂亮且活得精致的姑娘都很贵。

我之前和幺幺、大纯一起聊天，说到年纪了要吃燕窝，幺幺立刻说："对，尤其我们总熬夜。"她当时就下单买了燕窝，打算平时煮燕窝吃补身体，而她是 1996 年出生的。

大纯总觉得自己牙齿不够漂亮，所以一直在找一家专业的牙科机构。在我看来她牙齿很好啊，可她却摇头说不够白，做牙齿的花销一定不菲。

我因为很喜欢尝试新品，所以化妆品用了一半就搁置在那儿；试过一双鞋很舒服，两个颜色都觉得好看，就会都买下来；明明一直在用美白产品，可听说 POLA 的美白丸很有用，马上也买了，根本没犹豫。

我没有听说任何一个女生只买一管口红，并且用没了再去买下一管，都是家里一堆摆在那儿，搭配不同颜色的衣服时，涂不同的颜色；也没听说哪个女孩家里只有一瓶香水，喷空了再去买下一瓶，而是会因为闻到了更好的味道，买回家其他的香水。

我看一个姑娘是否漂亮，从不单纯地看她的五官。更多的是看她的言谈举止、她的穿衣搭配、她的妆容和发饰。很多姑娘五官并不突出，可掩盖不住她的光芒。她有广阔的见识，有赏心悦目的穿搭，有精致的妆容，让我在心里不得不对她表示尊敬。我没听说任何一个过得很糟的姑娘可以自带光环，女孩子天生就是要美的，美天生就是要花钱的。这恰恰会成为我们努力的动力。我不相信一个糊弄自己的人，人生会好到哪里去。

你肯定想不到，一个女孩子为了和心爱的男生约会，要提前准备好衣服，喷香水，涂好几层护肤品，粉底、睫毛膏、腮红、口红。当你看见她时，她有多贵！

不过，你应该能想到，是学英语不花钱，还是报钢琴班不花钱？是健身房可以免费去，还是书店里的纸质版本的图书可以随便拿？是出去玩，见见世面可以不用路费，还是培训课程可以让你趴在门外随意听？

所以啊，从内而外，自己本身就是一件花钱的事。

爱美是女孩子心里的一种渴望，就像买口红和高跟鞋是自带属性一样，而这每一样都需要钱。任何一家商场都不会因为我很爱美，但是我没钱，就很感动地免费送给我。

这种需求和渴望，同高矮胖瘦统统无关，这是天性啊！

我也很难理解，我们赚了足够自己生活的钱，并且还在不停地拼,然后把日子过得风生水起,我们却成了不会过日子的姑娘?

我对我姐说:"你没错啊,我们花自己的钱,把自己变得很贵,这是一件值得骄傲的事。我们就是从上到下、从里到外地贵。我们的贵分两个层次:一个是我们的行头,我们用钱购买的一切能提升我们的软硬装备;另一层是我们用自己的努力和自己赚来的钱消费,这让第一层的贵翻倍。所以,嫌弃我们不会过日子的人啊,如果你们不是因为没自信能养得起我们,那就是思想太狭隘了。"

我不是女权主义,能这么说的原因只有一点:我承认我很贵,可是我压根就没说过你需要为我的贵埋单,那你有什么可嫌弃的?

你选的城市要配得上你的野心

前些日子，大学同学结婚。大家从各地奔到那哥们儿的城市，去参加婚宴，顺便校友聚会。我们桌除了伴郎伴娘外，还有三个人，其中两位是从北京回来的。虽然如今落定安家，但毕业那会儿，他们都曾在北上广流浪。

坐在我右边的是老芦，上学那会儿他学的是 HR，他是我们学校十佳歌手的冠军，自己作词作曲，在校还是校艺术团的团长，风靡全校。毕业时，压根没考虑本专业的职位，背着一把吉他，拿着一卷行李，坐上了开往北京的列车。北京有个地儿叫后海，琳琅满目的小酒吧错落有致，那儿装着他的梦想。

他到北京，投奔我们一位学长，在人家家里睡了一周沙发后，总觉得蜷着身子睡觉难受，便自己租了一间地下室，可住了地下室才知道，还不如睡沙发。那间地下室离后海不远，他一间酒吧一间酒吧地挨家敲门，进去试唱。

当驻唱歌手收入特别不稳定，我们打趣问他："大歌神，什么时候能在电视上看见你的身影啊？去北京找你的时候，会不会有粉丝跟着你屁股后面要签名啊？"老芦说："别总扯淡，费流量呢，我们家没 WiFi。"

整间屋子不足十平,厕所在外面是和大家公用的,一直走到走廊的尽头,才能洗把脸。

老芦在那儿窝了两年,有个机会给人家录 Demo,老芦每夜一点多下班,蹭酒吧值班经理的车,赶去录 Demo,基本上要熬一宿,再坐第二天清晨的公交车回来,眯一觉,下午又要连滚带爬起来上班。这么两头跑坚持了四个多月,他总算被公司签了,成了一名幕后音乐人。

如今,他早就搬出了那间地下室,买了一辆牧马人,租了一间 loft 公寓,曾经那两年多吃的苦,让他成了烟嗓。我们依旧没能在电视上看见他,但其实很多传遍大街小巷的歌曲背后,都有了他的影子。

吃饭时,我逗他:"芦总,当年也是苦过的人哪!"

他一拍大腿:"那当然,苦啊!怎么不苦!老子吃了那么多苦,大半夜走回家,冻得脚指头疼,那破地下室冬凉夏热。最苦的时候,老子连电话都舍不得打。"

"那你干吗不回来啊?"

"那是首都呀,你别嫌我说得土,不承认不行的。北京所吸收的一切都是最快的,我才 20 多岁,不是养老的时候。熬过了所有苦,总会有甜的时候。"

陈泓宇的歌是他推荐给我的,他说:"成长是一场冒险,勇敢的人先上路。"这是他最喜欢的一句话,我问他:"还回来吗?回辽宁，回老家。"

老芦特别坚定："不会彻底搬回来啦，我是留在北京啦，那就是我以后的家。"

老芦边上的那姑娘叫蛐蛐，她两只眼睛长得特别像黑豆，深邃又闪着光。蛐蛐是计算机系的，主修写代码，就是程序猿，他们专业一共就三个女的，那俩都回家考公务员去了，就蛐蛐毕业后去了北京。

她换了三家公司，先在中软，后去了阿里，现在自己出来创业，开了一家小公司，融资成功了。我特佩服，我们都问她，怎么会走得这么顺，没几年的工夫，做得这么好？她瞪大了眼睛说："哪里啊？你们都不知道我刚去的时候有多累！"

刚去时待的公司工资很低，每个月都不够花，她连淘宝都舍不得，后来到了阿里又一直在上班，基本就是两点一线——公司和家，根本没有其他生活。她也曾经半夜给我打电话哭过，我知道她一个女孩子的苦。

无论下多大的雨，都不会有人给你打一把伞；无论几点出来，也不会有人在门口等着你一起回家。吃什么都是一个人，看电影也是一个人，周末一个人窝在家里休息，恍惚中又过了一天。

蛐蛐说："最初来到这，都是漂泊，但只要你心里拿这当家，早晚这里会成为你自己的家。"而今，她已经付了首付，在北苑买了自己的房子，有了自己的车，前一阵子刚交了男朋友。

她同我讲："大城市的包容是小镇上没有的。两个同性的恋人手拉着手上街也不会被人围观；夏天穿着吊带衫也没人说你放荡；30来岁的年纪没结婚也不至于被周围人当成怪物；你说去看一场话剧，听一场演奏会也没人说你矫情；你提什么叫融资、什么叫新媒体也没人听不懂。

"但是老家就不行。老家从外层的经济上看起来能够包容我、接受我，让我过得很轻松，但它排斥了我的价值观、我的内心和我的喜好。"

几个月前，我以为我会永远留在沈阳，因为男朋友工作在沈阳。而今，我一个月要去一趟北京，还在想各种办法搬到北京去生活。

第一次把这个想法告诉我妈时，她和我爸都极力反对。

我妈掰着手指头给我数："你看，你张阿姨家的姐，不是去了北京两年回来了吗？你孙叔家的孩子也是上海待了一年，买不起房子，回家了呀。还有你姑姑家的哥哥，你们那个同学……你这孩子怎么这么傻，你看人家都在往回逃，你可好，还在往那儿奔！"

"是啊，可是我的小姨也留在深圳落户了呀，更多的同学是选择了北上广的生活而并非选择了回家呀，我同学回来的就那么一个，去的却有十几个，所有的亲戚家孩子都奔着北京、上海的大学努力，难道大家都不知道难吗？"

我妈接着说："你咋这么倔强，你看看北京有什么好，交通堵塞，雾霾严重，房价那么贵。在家不挺好嘛！"

"大城市确实有大城市的问题，可更多的是机会，有小城市获取不到的资源。我才二十几岁，难道我现在就要开始坐在办公室里喝茶，看报纸，一直坐到死？那么我同二十几岁死了又有什么区别？"

小时候，我说想去学习快板，我妈不同意，说很难，女孩子学了用处也不大，而且老家没有好老师，她讲了一堆的道理。但是我坚持了，如今我快板打得特别牛，也算有了一门自己的手艺。

毕业时，她让我留校做老师，坚决不同意我辞职。说什么大学老师稳定，头衔特好听，别人想当都当不上，我竟然还要辞职写什么东西。但是我又坚持了啊，如今过得很自由，把自己的爱好做成了职业。

现在，我想要换一个城市生活，他们依旧反对。但我决定坚持，因为遇到困难，放弃从来不是最好的选择。二十几岁的年纪更不应该选择安逸，而是应该去拼一拼，闯一闯，尝试一下新的人生，开阔自己的视野。

老家从来都是最后的出路，不是最初的。而我相信，你所拼命逃离的北上广，未来也会有我的一个家。

前男友管你借钱了？

钱和前任，这两样放在一块，总有特别多操蛋的事儿。

老吴看到我写的那篇《不分手留着过年吗》，和我说："我在朋友圈看见的，竟然是你写的，你这例子征集的也太不广泛了，我大名鼎鼎的缓缓哥，你竟然不写进去？"

缓缓真名叫李什么，记不住了，起名叫缓缓是因为他欠了老吴的钱，分手后每一次提都是那句："容我缓缓，容我缓缓。"就这么两句话打发了老吴。老吴最后一次给他发信息，原文是："老子不要了，钱给你了，我就当一年养了一个小白脸儿。这段日子，姐包养你了。"

缓缓没回。

缓缓在银行工作，有存款压力，存不上的时候，找大家帮他完成任务额。第一个找老吴张了嘴，老吴作为女友，二话不说就给缓缓打过去 15 万，那是老吴这两年攒下的压箱底的钱。缓缓当时一口一个："媳妇儿，关键时刻还得是你啊！"可后来，老吴总觉得他人不靠谱，说话虚虚实实，不正经。俩人又聚少离多，一直到谈了分手时缓缓也绝口没提钱这档事。

老吴先是客气地说："咱们俩这分了，我这钱放你那儿也不合适，你帮我打过来吧？"缓缓找了一堆借口，什么存款日子没到期，什么需要走流程。老吴没好意思说什么，过了一个月再催，缓缓就找另外的借口，"再过一个月这钱就到日子了，你别急。"

起初，老吴还跟他寒暄寒暄，后来已经直截了当要钱。一年了，这钱老吴也没看见，我们都明白，这就是不打算还了。当初好的时候，老吴拿他当最信任的人，怎么可能要欠条？而且就算要了欠条又如何？还真的因为钱去告他？那这段恋爱也谈得太难看了。

可老吴每次问，他都说那句："我缓缓。"气得老吴甩了狠话："就当我包养你了。"

我想缓缓这辈子都要祈求别再碰见老吴，不然身高一米八几的大男人，走在路上迎面撞上，虽然比老吴高了20多厘米，他也没办法抬得起头啊！

这样的人，我也遇到过。

之前有个男孩和我聊天聊得很暧昧，游走在恋爱的边缘。有一天半夜聊天时，他说他忙了一晚，我问他忙什么，他说借钱。合伙人去了海南，银行卡在合伙人身上，自己手里没钱，我问他还差多少？他说就差一万。

我说："就一万块，你还挨个打电话？挺大的男生咱们丢脸丢不起，我给你转。"他回复我："不用不用啊，我再借一借，真没有我再告诉你。我长这么大没管女孩借过钱。"其实他说这句话的时候，我就知道他会回来找我了，果然第二天他跟我说："我就用几天。"

我给他转过去以后，这一万块钱他拖了一年，其间共同的朋友知道这件事，和他说："拿女人的钱，你这事办得不太地道了。"他打电话给我说还我，可说了三次，始终没动作。

再后来，我被通知他有女友了，很突然的那种。

我特生气，问他怎么想的，做人怎么这么渣，一个没结束，另一个已经开始了，有意思吗？他遮遮掩掩了一通说："你给我买的鞋啊，东西啊，我都没用。"似乎在据理力争，他不是花女人的钱。我顺着说："那好啊，你给我拿回来，我捐出去。"

他马上跟我哭穷说最近过得很惨，日子很坏，让我等等。说真的，即便他先劈腿，我也还是心疼他穷，只不过一时说句气话，压根没打算真要。但是刷微博看见他和女友去普吉岛玩了，一瞬间我气炸了。我给他发信息，告诉他："痛快还钱，就跟我没钱罢了。不是说东西都还我吗？好啊，还回来吧。"

结果一万分成了五千五千地打。他每打过来 5000，我都买一双高跟鞋。而至今，几年过去了，那些我买给他——他所谓从来没用过的东西，我连影子也没看见，好像邮递去了阴间。

真的，我已经掂量过太多次了。结婚以前，在暧昧或者恋爱期间管你借钱，然后一个月内绝口不提的男生，通常都特别不是东西。

我听过的好男生，经济有困难时，都会说："有哥们儿呢，说什么也不能管女朋友借钱啊。"

而我听到过的渣男，全部都是一句话："这是我头一次管女生借钱。我一定会还你的。"不知道你是他这个月的第一次呢，还是这个季节的第一次。而大多数这样的人，不是不还就是还了再借，没完没了。

那些说着这真的是第一次管女生借钱，说着我肯定会还你但从此毫无消息的渣男，基本上最后都分了。而你分得越久，越清醒。

钱是个好东西，如果投票选择一样来检验人品，钱绝对会被排在投票的前三名。

我知道，重感情的人，明明在他借钱的时候，心里像吃了芥末一样膈应，但还是会忍不住怕他吃苦，宁可自己少花，苦一点，少买几件衣服，少吃几顿大餐，用便宜的化妆品凑合几个月，也会把钱借给他。可不是我们有钱，是出于对他的信任和爱。但其实，他在向你伸手的瞬间，已经辜负了你的这种信任和爱。因为如果他真的懂你，他根本就不会开这个口啊。

现在的我，如果碰到管我借钱的恋人。如果不是家里有突发的大灾大难了，只不过日常情况下借钱，多了我一定会拒绝，少了我就给他了，不还就不还了。只是，如果他开了这个口，我总忍不住用另一种眼光去看他、揣测他。

别怪我势利，只是换位思考了一下，我想不出来我什么时候会和男朋友张口借钱。实在缺钱，和父母说，管朋友借，回头还上便是了，干吗要和男友张口啊？如果碰到了大灾大难，我可能一时半会儿还不起的那种，我更不会舍得管我的男朋友借钱啊！

所以就当我为人不单纯吧，只是如果他这么做了，我就很难再单纯地去喜欢他了。

很难了。

听说没人心疼你

我听说了一个姑娘血战男友的故事,她和男友分手时,先是跑去酒吧一个人喝酒,喝得酩酊大醉,趴在路边的草地上,幸好被路过的好心人看到,拨打了110。在派出所待了整整一宿,醒酒了才回家,到家后又开始马不停蹄地上演吞药、割脉的戏码,然后拍照发朋友圈,发微博。

大家劝她:"不过是分手嘛,干吗这么作践自己啊!就算感情真没了,身体更重要啊!"

她一脸的哀怨:"男友不在,不想活了。"

大家又问:"为什么分手啊?"

姑娘哭天抹泪:"他对我不好,不知道心疼我。"

就这样的,她心疼自己了吗?压根不管朋友们多替她操心,还是天天酗酒买醉;本来她不喜欢抽烟,硬学会了吞云吐雾,但并不是本身喜欢,而是单纯为了突显自己失恋了;还在后背文了男友的名字,上面覆盖了一个大大的"×",连文身师都劝她:"文身可以呀,你文点别的,有莲花,有条形码,有梵文,还有各种各样的图案。你文一个前男友的名字,上面是一个'×',这以后洗不掉的，你怎么再交男朋友啊！"

她还是那张生无可恋的脸："他也不爱我了，我还爱自己干什么？"

我听完这个八卦的完整版，第一件事就是把这人从我微信里翻出来拉黑了。怎么失恋就不能活了？连自己都不爱自己的人，谁会愿意爱你啊？没听说任何一个人作践自己能有好下场的，把父母、朋友、所有关心你的人放在哪儿了啊？这不是有病吗！

抽烟没错，喝酒也没错，文身更不算错，就算你真的想去死，那么割腕也没错。关键是，这些都不是她想要的，她只不过是想要用这些方式证明自己失恋了很难过。这就大错特错了！

还有一个姑娘，也是和恋爱许久的男朋友分开了，她也难过呀，难过得晚上睡不着，瞪着眼睛看天花板，一看就是一整夜；她也吃不下去饭啊，她好多天都几乎什么也没碰，不吃也不想，也不知道饿；她也忍不住想念对方啊，无数次电话拿起来又放下，放下了又在心里拨通了号码；就连对方已经把她的微信都删除了，可她还留着人家舍不得删掉。

不过，她也知道，人这辈子，恋爱只是其中的一部分，还有很多事要做。才二十多岁，难道要因为一段感情就像烂泥一样躺在床上不动了？父母养育了二十多年就是为了让她谈个恋爱就碰到大劫难的？而且就算想和好，也要拼命让自己变得更好才行啊，不然对方看不上当初的你，难道就能看得上后来瘫在床上的你了？

喜欢你的人，才会因为你的哭、你的难过而心疼。而打算用自残、胡乱闹、祸害自己去挽回一段感情，就像你要叫醒一个装睡的人，永远没可能。

所以这姑娘开始特别努力，把悲伤一口一口地咽进肚子里。她很认真地工作，日日更新公号，每天两三条，写故事，写散文，如今计划着想要去读书，充实自己。他生日的那天，姑娘在夜里把两个人的过去通通回忆了一遍，然后告诉自己，明天又是新的一天。

这个姑娘是我自己。

我素来坚信，别人对你的印象归根结底取决于你对自己的态度。

你自己减肥减不下去，胖得走路都要磨裤裆，一整个夏天没办法穿一条短裙，走进专柜都会被人家说："对不起，小姐，我们没有你的尺码。"男朋友和你分手了，你却不知悔改，要继续吃得更多，用脂肪来包裹自己受伤的心，口口声声说："他怎么就看不见我想要瘦下来的决心啊？"

你如果每一条朋友圈都特别污，穿暴露的衣服，讲黄色的笑话，昼伏夜出。别人和你说沈从文，你哈哈大笑说你只知道《金瓶梅》；有人跟你谈黑泽明，你说那是谁，你就喜欢看苍井空啊。张嘴一句他妈的，闭嘴一句真傻×。那么下次人家说黄段子，提起认识的哪个女孩比较三俗时，就会想到你，你又不高兴了，然后说："我怎么了啊？我不就是发了几条朋友圈吗？"

别人去你家做客，一进屋，满屋子的灰，地面上极其凌乱，左一袋垃圾，右一件脏衣服，连个下脚的地方都没有。你难道还指望人家进去以后能自觉地脱鞋子，坐得规规矩矩？你自己把家里过成这样，还怪人家进你家门太随意？

可奇怪的是，大部分人都对自己要求极为松懈却希望别人对自己一丝不苟。那些每天不断变胖，已经在外表上没有任何优势，甚至开始影响到身体健康，口口声声喊着减肥却变本加厉地吃吃吃的姑娘，还希望对方能体谅自己，透过厚厚的脂肪找到你那颗娇小脆弱的少女心？凭什么啊？

那些天天在朋友圈发满了污段子，张口说脏话，闭口要带器官的人也不是真的就愿意承认自己性格如此，非要梗着脖子告诉别人："我抽烟，我喝酒，我说脏话，我偏偏是个好姑娘。她们道貌岸然，她们绿茶成性，她们才是婊子。"凭什么别人要透过你那样的朋友圈和你的行为举止来挖掘你深到海底三万英尺的纯洁内心啊？

同样，那些家里凌乱不堪、几乎形同狗窝的人，别人去做客特别随意时，她们居然还不高兴，"你在我家为什么这么不爱干净，你怎么这样啊？"你自己当回事了吗？

那么动不动一言不合就拿刀割腕，扬言不活了、死了吧，喝酒喝到醉倒在路边，睡在草坪上，不怕被人扒了衣服，也不怕被人抢光身上的财物的姑娘，自己如此对待自己，却希望男朋友对自己很好?

一个不尊重自己的人,怎么能让别人尊重你啊?一个女人最好的嫁妆就是好名声,好名声不是单纯指你谈了几次恋爱、有过几任男友,而是你的言行举止、你的价值观、你的谈吐底蕴。那种自己都要作践自己的人,就算了吧,别妄想企图别人对你好了,除了你爸妈谁会心疼你啊,自己都不要自己的人,指望谁呢?

我希望,每一个人即便有伤心的往事,但是一个人也能活得尽量不独孤,懂得对自己好。就像失恋了又能怎么样,先腾出手摸摸自己的头,腾出另一只手给自己擦擦眼泪,再腾出第三只手拉着自己的第四只手,慢慢地向前走。

前方有光,温暖每一寸肌肤。

半夜才撩你的，都没能成为你的爱人

我们这种熬夜成瘾的人，对于夜深时那片刻的寂静总有几分格外的亲切感。而常年睡得晚，也终于明白了一个道理，无论你晚上想做什么决定，都最好等到天亮，白天时再重新想一想还要不要那么做，也包括爱一个人。

白日里，我们忙忙碌碌，总要被许多事分散精力，所以很容易拒绝诱惑。可夜晚就不一样了，发呆，孤独，各种感受莫名来袭，情绪被空洞的夜放大无数倍，一两句话就特别容易动心。

可其实有一种爱，叫互相早睡，而不是半夜聊天。

阿诗最近郁郁寡欢，因为之前一直联系她的男孩消失了，如同从朋友圈里蒸发了一样，似乎从没出现过。可阿诗早就习惯了和他每晚聊天，如今晚睡的习惯养成了，人却不见了，她开始失眠。

她总半夜半夜地睡不着，我因为写稿睡得很晚，于是我们成了凌晨好朋友。她喃喃自语："以前他就是这样啊，总是半夜问我干吗，能不能打电话，能不能聊天。我从11点睡，到夜里1点睡，再到深夜3点，就是为了等他的微信。可我如今等到天亮了，他也没有信息过来。六，我睡不着，好难过。"

她的那个男孩只在半夜找她，白天从来不主动给她发信息。

起初是某一天阿诗在朋友圈里发了一张照片，很漂亮。阿诗本来腿就长，大晚上拍了张这样的照片，谋杀朋友圈多少男性。

那天晚上，男孩给她点了一个赞，然后私聊她："在干吗？"从那以后，男孩几乎每晚都出现，有时候10点多，有时候1点多，有时候可能更晚。从最开始阿诗先说睡了，聊到后来男孩先说睡了。男孩约过阿诗，看夜场电影，吃夜宵，但都是在大半夜。

阿诗其实很想去，但又觉得半夜出去不矜持，犹犹豫豫，竟总也没能见面。男孩从每天给她发信息，到隔几天给她发信息，再到阿诗主动给他发信息，直到如今的几乎不再回复。

阿诗问我："他真喜欢我，为什么不白天找我？他不喜欢我，又为什么总是先联系我？干吗把我撩动心了，他却跑了，他到底怎么想的？"

哪有什么怎么想的，真正喜欢你的人，怎么可能会只在半夜找你，半夜睡不着的人大多是寂寞、无聊。所以你只是他失眠时的一个玩伴，孤独时打发时间的一个微信好友罢了，能睡更好，睡不着便聊聊。久了再睡不到，自然而然就不理你了。

真正喜欢你的人，也会找你聊天，可是白天、晚上都会找你聊天，他会忍不住不找你，会舍不得不找你，会控制不住想找你。

真正喜欢你的人，才不会提前和你说晚安，他们才不会舍得比你睡得早，他们哪怕困也会捧着手机等你的消息，会催促你要早一点睡，他们会心疼你不睡觉对身体不好。

真正喜欢你的人，才不会只在半夜找你出去，哪怕你说凌晨去看日出，他也会定好闹钟起来去接你。他才舍不得大半夜和你去撸串，虽然想见你，可他更懂得什么是为了你好。

所以啊，那些半夜才出现的人，你的名字大概在他的心里只排在末端罢了。不然怎么会夜深人静了，月上树梢了，他才想起你。

我们聚会时有一位埋单哥，一起吃八次饭，埋单哥要埋单七次，原因是他总要求早退。不管是什么聚会，不管大家谈到什么话题，好几次气氛正热烈着呢，可只要一到11点，他肯定起身，跟大家道歉，然后回家。因为自己觉得不好意思，于是就去担当了埋单的角色。

很多时候朋友调侃他："你是灰姑娘呀？这么着急回家，难道12点你的水晶鞋也消失了？"

埋单哥哈哈一笑说："有女朋友的人，你们不能体谅体谅呀？"

大家反驳："你看看，这桌上多少人都有对象啊，没看出来，我们这里还有个妻管严呢！"

埋单哥挠着头："不是啦，她没这种要求，可是不管我几点回家，她都会在家等我，留一盏灯，窝在沙发里，我不睡她也不肯睡。我回家太晚，她又该熬夜了。我没事，但是不希望她熬夜呀。大家体谅一下。"

说真的，埋单哥一米八几的个子，五大三粗，说出这几句话来却一点也不让人觉得矫情，反而显得格外铁汉柔情，是那种真真切切的情意在。我想这就是爱吧——因为害怕你熬夜，所以我放弃了聚会，放弃了在外面谈天说地，只想回家陪着你。

阿诗碰到的那个男孩，大概不是真的喜欢阿诗。也许他也是夜晚中活跃的一分子，晚上无聊，于是刷了朋友圈，看见阿诗便随便撩闲，拿那些情话当做开场白，拿赞美当做套路手段，拿阿诗作为打发时间的路人1、2、3。

可他碰见了一位走心的姑娘，于是他的不负责任变成了阿诗的黯然神伤。每一句曾经调侃的情话，都变成了阿诗无数个夜里独自的想念，每一条秒回的微信，都成了如今阿诗垂过的眼泪。

我们祈求遇到一位自己的埋单哥，懂得心疼你别让你熬夜。却总是碰见阿诗的那位伤心人，你苦苦守候，直到哈欠打上了天，依旧没等来他的信息。

爱你的人，会希望你变得更好，会督促你睡觉，会劝你一日三餐要规律，会告诉你冬日别为了臭美穿得那么少。不爱你的人，只会在他无聊的时候找你聊天，不会管你睡没睡；也只会在他没人陪的时候找你吃饭，不管你在做什么；他只希望你穿得好看，不管你会不会冷。

所以啊，那些白天玩失踪，只在深更半夜才闪现，和你一会儿说想念、两会儿表个白的人，大多不会是你的另一半。

深夜才想起来找你的，都没能成为你的爱人。成为你爱人的，都是能让你枕着他的胳膊入眠的。

有些道理你必须懂

有位叫林洛的小姑娘问我：

"六六，我男朋友月薪两万左右，一年14个月工资。他以前自己过的时候还不愁钱花，但是认识我的时候，刚买完房子，要还房贷。他最近一直说自己经济压力大，所以情人节我什么礼物都没要，但其实我心里不舒服。上个月我过生日，他也没送我礼物，我一面心疼他没多少钱，可一面我又特别难受，没有生日礼物收。

"我预估了一下，打算买一个他能承受的。我本来很喜欢包，但是他说不值，我就选了一个钱包，是包价格的六分之一。他看起来也不太高兴，说我原来也是看重这些物质的。我挺生气的。如果是我，我咬牙也会买的啊。为什么这件事这么矛盾，说到底还是穷的事。六哥，我闹心。"

林洛，礼物对于每个女孩来讲，都有很重要的意义，尤其是生日、七夕这种节日。这才不是什么物质，这是心意。

既然你肯为了对方让一步，选的礼物是他能接受的，为什么他不肯往前迈一步，就把这个礼物买了呢？他是刚刚知道你过生日，突如其来有这样一份预算吗？

一个男人因为买了房子，房贷的压力从年初直到现在，以至于连女朋友的生日礼物都买不起？就算真没钱，不应该提前做准备吗？虽然不知道你要的钱包是什么品牌，我们按照一线品牌的常规价格来算。一个月攒一点，几个月的时间这个钱包的预算也出来了。

这是最笨的方法，适合上学的还完全靠家里养活的那一种，根本不适合已经工作，并且一年能赚到20万以上的成年人。他如果连这份准备都没有，不是这个钱包贵，是你不值得他买这个钱包。

而且，姑娘，你这并不叫什么矛盾，矛盾不是伪命题，是死命题。

我曾经看过一本很俗烂的漫画，大体内容是：守护使者（帅酷一号男主角）喝下忘川水才会想起自己和神女（女主）曾经的三世情缘。若不想起，他将会邂逅别的姑娘而爱上她，并且一定会被姑娘所伤。神女的记忆一直是保留的，如果神女引诱他喝下忘川水，他虽然会恢复记忆，重新爱上神女，但是他就要守在山下千年，不得谈情说爱，并且和神女见不到面。

人生该如何选择？如何选都是错，这才叫矛盾。

西元前6世纪，克里特哲学家Epimenides说过一句话："所有克利特人说的都是谎话。"这句话是真的还是假的？倘若你说这句话是真的，那么Epimenides本身就是克利特人，他说的应该都是谎话呀，这句话怎么成了真的？这是不成立的。反之，也是同样的道理。

这种正反都无解的题，才叫做矛盾。矛盾是你永远找不到答案。

你的问题显然不是，这份礼物不代表多少钱、是什么牌子的钱包，而在于你在对方心中有多少分量。买房子，买车，买菜还是买钱包实际上并没有任何区别，都是消费罢了，只不过价格高低不同。一个钱包相对一套房子来说，连一平方米的二分之一都不到，可他宁愿你不高兴，都不给你买。你在对方心里重要与否，自己估量。

这件事的解决方案有很多，例如：

你从包降为钱包让他体会到了你的用心，高高兴兴地夸你懂得体谅他，他也省下了不少。这是最好的办法。

还有一种就是，别指望他给你买什么，自己能买得起的东西，何必求别人。你不过是想要一个希望，但是他偏偏给你的是失望，那就算了吧。彼此就这么只谈情，不谈钱。

最后要么就分了吧。让这种对于钱的喜爱和对于男女朋友舍不得的恶性肿瘤在身体里寄存久了，自己也会变成这样的怪物。还有最后一点，说来说去这不是因为穷，年薪20万以上的收入总归是能买得起包的人，再不济也能买得起钱包。不论是因为房子贷款或者什么别的原因，他不买不是因为经济状况不好，而是你没那么重要。不然，哪怕月薪3000的人也懂得，过生日要送对方礼物的。

穷的不是他，是你们的感情价值。

所以，亲爱的林洛，要么别要礼物，要么换个男友。

Part 5

杀人放火有我陪你

夜里应该留给梦境和月亮的,可总有许多故事。

每一场夜都有你的影子

年迈的外婆熬夜是为了外公多病的身体。

外公外婆住在乡下,每过晚上 8 点钟,整个村子除了偶尔会有蝉鸣鸟唱,万籁俱寂。如同杨万里诗人所描写的那样:"篱落疏疏一径深,树头花落未成阴。"

外公外婆睡得很早,严格遵循着日出而作、日落而息的规律。有两年,外婆开始晚睡熬夜,因为外公糖尿病并发症的发作,需要外婆在午夜凌晨去查看一次外公的情况。

我妈建议:"去医院住吧,这样会方便一点。"

外婆不同意,"我太了解你爸了,他不爱住医院。岁数大了,就想在家多待两天。别去了,你爸这浑身难受,听他的。"

"请个护工好了。您这么大岁数了,天天起早贪黑的,怎么折腾得起?"

外婆连连摆手:"你爸挑剔着呢,谁也伺候不明白。他呀,晚上睡着时,给他掖被子力度都要注意的,不然吵醒了,一宿他都睡不着,来回翻身。"

外婆那两年当真折腾得老了许多,舅舅家的妹妹问外婆:"不累吗？"外婆倒是云淡风轻的模样："这孩子，竟说傻话。我当年怀你姑姑、你爸的时候，他笨手笨脚的，自己做不好也不肯让我动，怕我坐不好月子落下病根。他伺候我不也是这么过来的吗？"

母亲早起又熬夜是为了等披星戴月的父亲。

我上小学时，父亲辞了工作，打算下海经商。他思来想去，挑了一条苦路。每天 8 点钟起床骑电动车跑到小城北郊区上货，再骑到最西面去卖货。而我家在最南面，每天回家几乎都要夜里 11 点 12 点。母亲每早要 6 点起床，去市场买菜，给我做饭，然后送我上学，再回来给父亲准备饭菜，目送父亲去上货。

那时，家中住平房，只有一个房间。母亲为了让我有充足的睡眠，在父亲辞职前，规定全家晚上 9 点钟都洗漱好，躺在那铺狭窄的炕上。自从父亲辞职后，每晚 10 点，只有我准时躺在炕上。母亲则搬了板凳，拿了扇子坐在门前自家的院子里等父亲回来。

因为怕吵醒我，她便把脸盆接好了水，睡觉穿的背心和水杯都放在一旁。父亲每晚回来，就在院子里洗漱，换了睡衣，再和母亲一起进屋子里，悄声躺下。

他也和母亲说过，别等他了。母亲要早起照顾我，睡得太少了。他又不是小孩子，自己都能行。

母亲总是不接这句话，依旧每天晚上坐在门口不声不响地等父亲回来。

但她私下和我说："你爸太辛苦了。一个人回来那么晚，看见家里有口喝的，有盆水能洗洗脸，心里会舒坦很多。我也做不了别的，就是把你们俩都陪好了。能陪就多陪陪。"

妹妹熬夜是因为要和有时差的男孩恋爱。

妹妹有一段严重的昼夜颠倒。舅舅打电话给我，让我劝劝她，早一点睡。说妹妹天天三更半夜不睡觉，捧着手机嘻嘻哈哈地乐，作息不好，熬得眼圈都黑了。受了家长的嘱托，自然要打电话叮嘱一番。

妹妹咧着嘴角和我说："姐，我恋爱了呀！"

原来妹妹和同校男孩子谈了恋爱，男孩先于妹妹一年去了美国读书。妹妹已经申请第二年的项目，现在两个人刚好12小时的时差。

于是男孩子每天天不亮就要起床和妹妹聊天，妹妹每天熬到深夜就为了和她的小男友多说几句。我起初哭笑不得，两个人共同交集的时间也不少呀，那时候聊天不行吗？干吗谈了恋爱这么累，一个早起，一个不睡。果然是小孩子。

妹妹对我说，他要学习，要上课，要写作业，还要出去吃饭什么的，零碎的事情太多。只有那么一段时间是只属于他们两个的，说一点体己的贴心话。比起晚睡或者早起，他们更希望能和对方分享自己的心情呀。再说,恋爱耶！本来就是有说不完的话嘛，晚安之后都还想说晚安，怎么会觉得累呢？

去年，妹妹去了男孩所在的学校，和男孩在美国相聚。

我熬夜不睡是为了陪他。如今失眠是因为想他。

几乎关注我的人，都知道我失恋了。但是我熬夜的习惯却就这么养成了。他的工作很辛苦，总是一熬就熬到半夜，于是我从 11 点睡觉改到 12 点睡觉，再拉扯到 1 点睡觉。

因为想和他一起，彼此说一句："睡吧，晚安，么么哒。"于是，我开始在晚上写写字，看看书，翻翻淘宝，还有和他聊天。

我同朋友聊天说："怎么办？我总是视力下降，持续耳鸣。"

朋友当成了大事详细询问，头头是道地和我分析："你的耳鸣是因为睡得太晚，肾亏导致的。你要注意作息才行。"

我撇了撇嘴，没言语。

其实我知道啊，可我怎么总觉得，耳鸣是因为他曾经呢喃过的情话太多太甜，导致如今它们化不开也散不去才会在我耳边不停地盘旋。视力下降的人还真是尴尬，总是会遇错路人，走在街上每一个人似乎都长着和他一样的脸，总想追上去拍一拍肩膀，看看一双笑眼。

后台很多人和我说："怎么办？我不敢睡。因为梦里都是他的脸，醒来的瞬间才发觉大梦一场，太难过。"

也有人和我说："不知道为什么，我就是睡不着。似乎只有深夜的时光是属于自己的。于是一夜又一夜，睁着眼睛熬到天亮。"

我们都知道，晚睡对身体那么坏，第二天会无精打采，头又痛又晕。可我们就是没法入眠怎么办？瞪着眼睛看天花板，满满的都是他拉着你说："吃饭，看电影，说宝宝，想去哪儿玩？"闭上眼睛又都是他的脸，夜深人静时，却愈加想念。

人生真的很奇怪，你养成一个习惯只需要 21 天。可完全彻底地放弃一个人却需要七年。七年才能把身体里的细胞换一个遍，才能彻底适应没有他的存在。

最近有一个朋友，每天陪我熬夜。他笑着说："年轻时倒是定时定点地睡觉。如今老了，却要开始熬夜。"我劝他赶紧睡，千万别因为我睡得太晚，养成了熬夜的习惯。

他问我："为什么？"

我回答他因为我们很容易就断了联系的，断了那天，你为我养成的熬夜就成了你自己失眠，会难过。

因为我就是啊。我熬的每一场夜，都有他的影子在。

他爱你，你就是全世界最正确的真理

和小伙伴晚上去一间酒吧聚会，那间酒吧里有两个斯诺克台，一个男生说："玩球吧。光坐着聊天太没意思了。"大家都问他怎么玩，他说："两人一组，自行组队，分为两组，其他人可以跟着押哪组赢。每队的这两个人一个去打球，一个负责喝酒。按照正常的斯诺克规则走。"

旁边有人起哄："那还自行组队干吗呀，正好你们两对情侣，就你们四个好了。男生玩得好，男生去打球不合适，让两个女生打球，两个男生喝酒。"

又有人问："那喝酒的规则呢？一局下来喝几杯也太慢了吧！"

刚开始提议的男生说："我没问题啊！那就这样，反正女孩子玩得不好，进一颗球，另一队的男生喝一杯，如果连续进两颗球，第二颗要喝两杯，依此类推。"但他女友其实打得还不错。

结果另外那对情侣的女孩宥子跃跃欲试又有点怯懦，和自己男朋友说："我不会怎么办啊？"她男朋友说："你想玩吗？"女孩说："嗯，想试试看。"男生特别轻松的样子说："没关系，你朝着预感走，玩两次就会了。"

结果那天晚上，男孩一直在喝酒，几乎都没停。

后来那局结束，宥子才学会一点点，一脸的愧疚，跑来问他："你没事吧？我太笨了。"

男生说："这点酒没事，你已经比一开始厉害很多了，不是你笨，是斯诺克太难啦！我们宝宝这么聪明，一定也能赢的。"他看宥子还是不高兴，又拉着宥子的手一直哄说，"正好我也渴了，喝点挺好。这又不是什么大事。"

我听完瞬间蒙圈，和边上的闺密说："这也太惯着了吧？二十四孝好男友啊！"

闺密悄悄同我耳语："他一直都是这样的啊！"然后根本没有问我想不想听虐狗的故事，就滔滔不绝地和我说了好多。

6月14日，宥子微信里有个姑娘过生日，晒了老公送的礼物和花，宥子跑去留言问："花是哪家买的？好漂亮啊。"

过生日的姑娘告诉她，然后逗她说："2月14日是红色情人节，今天是蓝色情人节啊，快让你男友带你去吃饭！"

宥子信以为真，给男生发了微信对话截图发感慨："这年头节日怎么这么多，6月14日也要过节的嘛。"

男生中午就真的跑去野兽派订了花，又去潘多拉买了手链，晚上来接她。宥子吓了一跳，说自己下午已经求证过了，哪有蓝色情人节啊，自己被骗了。男生说："没关系啊，你说哪天是情人节，哪天就是。这又不是什么大事。"

前几天，欧洲杯西班牙和意大利那一场。男孩是意大利和尤文图斯铁粉，看了很多年的球。宥子倒是不太看球，跟着凑趣，说喜欢西班牙。那天晚上，宥子男友的哥们儿、宥子和她男友一起在家里看球。

开始前，宥子就表态了："说吧，今晚你支持谁！我告诉你啊，这可不是西班牙和意大利的事了，也不是你买了那点彩票的事，而是我和球比，哪个重要。"

宥子本意是逗逗他，结果男友立马表态："今晚，我改阵营了，支持西班牙。"

哥们儿都愣了："不是吧，你老婆又不懂，你还叛变啊？"

男生还是坚持："她看看可能就懂了呢！西班牙还是意大利，这又不是什么大事。"

男生和宥子去爬山，男生查了天气预报要下雨，说要带一把伞。宥子嫌麻烦，和男友抱怨："算了吧，又不一定用得到，还要一直拿着，好麻烦。到时候现买不行吗？"男友说不一定有的卖，怕宥子真被雨淋到，但因为宥子坚持不带，放弃了。

结果到了景点就开始下雨，两个人躲在亭子里，下山下不去，干等雨又不停。后来有附近的住户跑来卖伞，一把伞要200元，男友最终花了200块买了把很小的伞。俩人下山时，男友那一侧的肩膀都湿了。宥子特别愧疚。她男友倒是说："没事啊，你有没有淋到？一会儿去喝点汤暖和暖和吧，怕你体内进凉气。这又不是什么大事。"

有天晚上，临散局时，宥子说："肚子饿呢。"

男孩为难地看着宥子说："你让我看着你，不吃夜宵的，免得胖。"

宥子横眉冷对："那你就忍心看着我饿吗？"

男孩马上投降了："得，那去吃吧，明天骂我就骂吧。这也不是什么大事。"

我想起刚刚闺密和我说的，便逗宥子男友："那什么算大事啊？"

他倒是很认真地想了想，说："我们宥子不高兴就是大事了啊。"

那一瞬间，我心里一暖。

想起很多情侣吵架的原因不过是：上次去的商场是哪个，到底谁记错了；究竟是多吃肉长胖还是多吃米饭长胖，谁说得对；碰到了什么事情又应该怎么处理，哪种方式更合理。似乎把对方说服，坚持了自己的观点就可以扬扬得意了。

可是就算都是对方记错了又能怎么样？这算是什么大事？上次去的商场是青年大街的那一家，还是铁西的那一家或者就算是菜市场的又能怎么样？两个人谁懂得更多，把对方说服了就能开心吗？这世界上哪有那么多的真理，哪有那么多的对错，只要是他喜欢的就是对的，只要是他坚持的就是真理啊。

所以啊，他如果爱你，不会和你计较那么多。什么都是小事，只有你是大事。什么道理都比不上你喜欢的那个道理。

我曾经看见一段话：

"我希望我丢了车子或钱包，你能帮我一起骂小偷而不是责怪我不小心。我希望我搞砸了什么事，你能和我一起抱怨这事情有多难而不是我有多差劲。我又没做什么杀人放火的事，只是希望你能站在我这边。就像你做了什么杀人放火的事，我同样会站在你这边。"

是啊，就算你做了什么杀人放火的事，我也会站在你这边。

我才不会在乎这世界那么多的狗屁道理，我在乎的只有你认定的道理。

谈一场跋山涉水的恋爱

老崔问我:"你知道什么是异地恋吗?"

"我知道啊,就像一场战争。其实你并不知道现在吃的苦、遭的罪,在未来的某一天能不能解放。"

老崔说:"嗯。你说得对,明明知道异地有多难,还要坚持,就是因为不知道他到底哪儿好,但谁也替代不了。身边的人是多,可谁也不是他。"

老崔在哈尔滨,她男朋友在沈阳。她过得不容易。

老崔是同事眼中不修边幅的代表人物,每天都披头散发不成样子,似乎完全不知道一个女生应该打扮一下,偶尔有同事好心提醒她:"崔啊,你要不要也去逛街买双高跟鞋啊?你这包用了很久了,换一个吧,你好歹打个粉底啊,脸色蜡黄的。"

周边的玩伴都说她是怪咖,因为她总是独来独往的一个人,一个人吃饭一个人逛街,一个人在下雨天去医院看医生,一个人在电影院里看电影,一个人搬家挪很沉的行李。好像是很独立的那种女生,不需要太多朋友。电话不离手,又像是有网瘾的小女孩。不论在做多重要的事,手机响起那一刻也要马上看一眼才行。

可是我知道，她才不是那种姑娘。

大学时老崔住在我隔壁寝室，一起生活了四年，谁什么样，一清二楚。她上学那会儿，哪天不是欢天喜地化了妆才出门，口口声声喊着："宁可不上课，不能不打扮！"我们学校的路跟上山下乡似的，特崎岖，老崔踩着七八厘米的高跟鞋如履平地，健步如飞，我穿拖鞋都跟不上她。短裙、背带裤、迷彩外套、潮牌T恤，哪一个不是她先买的？女生四个寝室都拿她当流行风向标。

而且她还特黏人，上个厕所，就在拐角的地方，也要撒娇找我们陪着才行；吃饭从来不肯自己去，实在没人一起，自己买饭也一定要打包回寝室；连上学的路上，她没一起走路的小伙伴都会一脸哀怨地不想去上课，看电影、去图书馆、逛街，这类事就更不用提了。

之所以如今这样，是因为她异地恋。其实她每隔两周都会兴高采烈地出去买衣服，她认真地在镜子前面一件一件试穿，拍照给我，搭配好哪双鞋子，什么颜色的口红，要选哪一款包、内衣、睡衣，每一件都挑得特别仔细。香水带哪一款，提前做睫毛，护理头发，去美容院。因为她男朋友每隔两周来沈阳看她，只有那时候，她才是我当年认识的那个老崔。

她还是害怕一个人吃饭、一个人逛街，所以每次想去吃火锅前都发信息给我们："你们说，我进不进去，我一个人吃是不是很尴尬？你们得陪我发信息啊。"

每次打雷下雨、雷鸣闪电都要在群里骂个不停："妈的，又打雷了！你们说能不能劈死老子？我在 28 楼住啊。"

每次自己去看电影都会埋怨："自己看电影，简直连点套餐都不合适，余下来的那杯可乐我都不知道送给谁好，好尴尬。边上那对太腻歪了，看个电影也要拉着手。"

很多时候，她会抱怨，异地恋真他妈的难。当然难，她家里房子水管爆裂时，一个人一边用抹布堵着水管，一边还要预防水喷自己一身；可男友问她干吗时，赶忙擦了擦满手的水说："我在看电视啊。"

她发烧 39℃，躺在床上，嚷嚷："老子一定要死了要死了！"可第二天还是和男友说："昨晚，太困了一不小心睡着了。宝宝没能说晚安，别生气。"

我们问她："怎么不讲实话？"她说："讲了也没用，不如不说，还让人挂念。你们没听过吗？'你的城市在下雨，我不敢问你有没有带伞。我怕你说没有，而我却无能为力，就像我爱你却给不了你想要的陪伴'。我能做的，只有让他多放心一点，报喜不报忧。"

我们一致评价："老崔文艺了！"

另一位朋友和男友总吵架，俩人吵完就开始冷战，和好两天半又是大吵一番。朋友找我们诉苦，老崔特别不理解地说："你们啊，就是见面的时间太多了。你看我们俩，从来不吵架。我们在一起时间那么短，连拥抱彼此都嫌不够用，我还舍得用来吵架？多浪费啊。你们真是一对儿奢侈的夫妇！"

老崔说的是真的，我从没见过他们吵架。即便老崔张口闭口都在声讨那对电影院里牵手的男女，可她每次和男友见面，就成了连体婴儿。男友说做什么，她都说好；男友说吃什么，她都说行。从来不争辩，她总说吃啥在哪儿都无所谓，重要的是能在一起，面对面地说话了，吃饭了说的是什么，吃的是什么，Who cares？

其实她不是没人追，非得耗着异地的男朋友。她身边不是没有好的男生对她有想法，想半夜送她回家，想帮她修水管，想陪她看病、看电影、逛街，可老崔从来不去，宁愿自己。

老崔说："我自己，他也放心，免得他有一丁点的误会。他不在，穿什么都行。我电话不离手，是为了联系方便一点。异地恋，身边空，就靠心来填呢！回信息再慢了点，那得多难过啊。"

老崔上回去看他男友，高铁晚了整整五个小时。听说去的路上，有根线上挂了一颗气球，眼巴巴地等着工作人员来摘气球。老崔在火车上多坐了五个小时，她男友在火车站外多等了五个小时。俩人都等得筋疲力尽。

她说："真他妈累，真的。我回回都是起早赶车去，回家那天也一定是大半夜。披星戴月的，连上班都没这么认真。可累我也喜欢，身边的再好，赶不上他一根头发丝儿让我看着顺眼。老娘这辈子绝对是遇到真爱了。"

我觉得也是，每一段异地恋都一定是真爱。

我见过很多异地恋，你问一问苦不苦，所有人都说苦。

见过有姑娘把吃的每一顿好吃的都记下来，给男友发信息说："下次等你来，咱们一起去吃啊。"每次临去找男友前，都在大众点评不停地翻，查有什么人气很旺的餐厅，挨个发给对方："等我去了，咱们俩先去吃这家，然后第二天去吃那家，好不好？"

见过生日当天，自己买了蛋糕回家，换了好看的衣服，和男友视频，俩人通过4.7英寸的手机屏幕，点蜡烛，隔着网络唱生日歌，听对方说："宝宝，生日快乐。争取下一次我陪你一起过。"就这么一句话，就知足了。

见过每天要看两份天气预报，提醒对方第二天穿什么，带不带伞，外套要厚的还是薄的；每天要起床给对方morning call；记对方的外卖地址比自己的都熟悉，听到对方嚷嚷饿，马上就点餐。生怕自己不在，对方吃不到饭，总想跨着海也把对方照顾得好一点。

见过因为有时差，国内的这位把日子过成了"睡太阳、玩月亮"的姑娘，国外的那位被人称为"熬夜中的战斗机"。其实两个人只是为了和对方能多有一点重逢交织的时间，能多说两句甜言蜜语。每一天躺在床上临闭眼时，想的从来不是第二天星期几，而是距离见面又往前倒计时了一天。

可是大家都在坚持。

异地是难，要学会一个人活成两个人的样子。在需要拥抱的时候拥抱自己；需要帮助时，像一个整装待发的队伍，抵抗自己做所有事带来的孤独和寂寞感。摸不到，抱不到，醒来没有对方大大的笑脸，可为什么还要继续？

因为在山南海北之间遇到你，人来人往中能在一起，又怎么能因为现在"君在长江头，我在长江尾"就生生地放了手？如果能做到不爱你，那么当初怎么会明明知道如此困难，却还要在一起？

隔着千山万水也没关系，跋山涉水就好了。把所有的想念都攒起来，把所有的爱和想说的话都攒起来，把所有的委屈和坚强都攒起来，盼着下一次见面时，抱一抱，融化掉所有的情绪。

我爱的那个人就是你啊，无论你在哪儿，无论多久见一面，无论你变成了什么样子，可就是你啊。其他人我可以拥抱，但那样的拥抱我不会心跳加速，那样的情话我都觉得是废话。

——

毕竟，

我思念的人在哪里，

哪里就是我爱情的归处。

当你一贫如洗，我是你最后一件行李

因为那里面装满了爱。

我有个朋友叫 Min 姐，她是我见过最拼的姑娘。

但以前不是，她以前特懒。她能点外卖绝对不出门，外卖送到楼下，给她打电话让她下去拿，她还要央求人家帮忙送上来，外卖小哥若是不同意，她宁可多给人家加点钱。

她是电商的第一批客户群，水果、衣服、书、大件小物，所有的东西能淘宝、代购、微信购买的统统上网买，每天最开心的事就是在家里拆快递。这一片儿各种快递她都特熟悉。

她从毕业开始就没上过班，因为早上起不来。没办法 7 点钟就从床上爬起来，洗脸化妆，然后急急忙忙地赶去单位。

她的工作是片子剪辑，懒懒散散地接活，还挑得特厉害，一定要这片子轻松又赚钱，她又感兴趣，才愿意干。工作第二，休息第一。

那时候我们都说："谁要是愿意娶你，得上辈子亏欠你多少，这辈子来还？"

她扬扬得意:"早晚我能找到,老娘这么美。"

大家问她想要一个什么样的,她真的在那列出1、2、3、4。

原话是:有钱的。我不能因为和这个人在一起自己的生活品质下降吧?我本来背八千的包,和他在一起改八百了,这不合适吧?

温柔的。天天脾气特暴躁,一言不合就生气的,那日子可没法过。我脾气就不好,他再不让着我一点,那不天天打架?

专一的。这又不是古代,他万一跟刚穿越来似的,天天撩了这个,勾搭那个,一天我不用干别的了,光跟他操心。

颜值高。长得丑的我看着难受,亲下不去嘴,睡迈不开腿。怎么也得看着顺眼啊,毕竟我要天天看着他呢。

另一位朋友打趣说她去参加《非诚勿扰》好了,把这条件一公布,让网友痛骂也骂火了。Min姐真的因为这提议去本地报了一婚介,明确和婚介说,就是要这标准。整整相了大半年亲,Min姐已经懒得再去时,竟和一位恰好陪着相亲男来的朋友一见钟情了。

那男孩就特符合她要求。有钱、帅、专一、还温柔,而且很上进,但是异地。

男孩是真喜欢Min姐。他和Min姐在一起的第二天,拉着Min姐去恒隆买了一个包,而那个包只不过是Min姐和他之前等电影时,刷朋友圈问他一嘴:"这个好看吗?"

他开车去接和我们聚会的Min姐回家。等我们散局儿时,还没出饭店的门口，就听门口议论纷纷。跑出去一看，他靠在那儿，后备厢打开，里面全是玫瑰，满满的一车。

他和 Min 姐异地，隔着三个小时高铁、一个小时飞机的距离。他有一段时间晚上有事，能早上来看 Min 姐，再晚上坐高铁回去，连着折腾了一个星期。

我们都劝 Min 姐说："嫁了吧。这样的，还不嫁，等什么呢？这不就是为你量身定制的嘛。那肯定是大克拉的钻戒，定制的婚纱，婚礼办得特有面儿。"

Min 姐总是摇头说："急什么，老娘这么美，再看看。"她没吹，她真美。D 罩杯的胸却只有九十几斤，身高 170，皮肤雪白，能去当明星。

可去年股灾那会儿，男孩折了。

听说是想再给 Min 姐在香港买套好房子，因为 Min 姐大学是在香港念的，总说惦记回去看看。男孩本计划买套好地段的房子，再来求婚，结果加了一堆的杠杆，赶上股灾突袭，钱补了再补，终究没扛住，爆仓了。资金链瞬间一断，其他的贷款压力也随之而来。

他能卖的都卖了，填了窟窿，跑来沈阳见 Min 姐。他像往常那样，给 Min 姐买了花，带她去吃很贵的菜，然后在商场一楼给 Min 姐买了一条裙子，牵着她送她回家。在楼下的时候，他转过身和 Min 姐摊牌，说自己情况非常坏，可能一时半会儿也翻不了身，求婚是不行了，日子还能过只是压力太大了，舍不得让 Min 姐跟着自己操心。

就这么散了吧。

Min 姐没去追。

Min 姐没哭没闹也没抱怨。那个周末结束，人就没了影子。再出现时，是朋友圈里发了一张结婚证的照片，红背景白衬衫笑得特甜。我们都收到她发过来的请帖，写得明明白白，请于哪天参加婚礼，地点是一家沈阳不太好的酒店。主持人请了，没什么其他环节，流程特简单，婚纱是影楼租的，化妆 2000 块钱。

我负责帮 Min 姐收红包，宴请结束时，她和我说："快查查有多少。"

我瘫在沙发上不爱动："干吗啊，这么着急？"

Min 姐瞪了我一眼："哪着急了，这就是我们家再次起航的启动资金懂不懂？"

我真的很好奇："你是不是有病啊？有钱的时候不嫁，拖着。这会儿穷了，你来劲了，你想过吗，以后怎么过？"

Min 姐在那飞快地脱鞋，换衣服，说："我知道啊。大不了我努力点，多剪点片子，养活他呗。"

我问她："你不喜欢有钱的了？你不是目标精准又明确，就喜欢有钱的吗？"

她一边查钱一边说："废话，谁不喜欢钱？可我更喜欢他啊。钱没了还可以赚，人分开了就是真的散了。他有钱那会儿我不跟他结婚没啥，就冲他对姑娘这股劲儿，他还能找到好的，现在可不行，我不跟他，他就真的什么都没了。这时候我必须在，我就是他最后一件行李！"

我当时听了鼻子一酸，太了解 Min 姐是个什么样的人了，她得下多大决心做出这样的决定，她要面对以后必须努力生活的日子——戒掉懒惰，请不起保姆，为了一个人洗洗涮涮，操持家务。

可这不就是感情吗？你说出了1234，但真正来的时候，哪有那么多条条框框，都能为了你修改底线，更何况是几条简单的标准。

我碰见过一个男生坚决不喜欢整容的姑娘和自己老婆说："你要是真想去，那你就去吧。"

也听过一个劝别人不要找二婚女人的男生，最后娶了一位离异女士。

还看过说绝对不要胖子的姑娘双手环着胖子男友的肚子笑眯眯地说："抱着真舒服。"

更有 Min 姐这样口口声声说爱钱，可最终找的那位一贫如洗。

我特羡慕 Min 姐，说实话她现在也没彻底缓过来，很久没听说她买了什么新的包，去了哪里玩。可每次看她朋友圈发的那几样家常小菜，我都觉得那菜看着比她所有的包都贵。

因为那里面装满了爱。

所以啊，后来你找的人都像他

沈阳的冬天格外冷，寒风混着雾霾一同气势汹汹地扑面而来。这样的天气，让人忍不住想找个人一起，毕竟拥抱的温暖可以抵过天下所有的地冻天寒。于是，关于恋爱的问题总会不壹而三地老调重弹。

我写过我的好友老萝，她跟一天说800次分手的男友彻底决裂后，做了人生最重要的决定——跟初恋在入秋时办了婚礼。这大概就是所谓的"兜兜转转，原来你还在这里"。

老萝和苏打是高中同学，毗邻而坐，苏打不知道什么时候动的心思，想好了策略，走曲线救国、温水煮青蛙的路子，每天给老萝带一袋水晶之恋和一盒旺仔牛奶。整整两个学期后苏打不带了，空了两天的手，老萝就绷不住了，问苏打：

"我果冻和牛奶呢？国家只提倡节能减排，没说要减果冻和牛奶啊！"

苏打一本正经地说："不能给你了，那都是我媳妇的。"

"你媳妇是谁？"

"没有呢,咋的?早晚能有。我攒着。"

"那我当你媳妇不就得了。"

婚礼上,主持人煽情地问:"苏打做的哪件事让你最感动?"

老萝说:"考大学吧。"

主持人听得云里雾里,彩排时明明说好了这个问题答案是求婚,怎么正经的时候就变了样,只好哈哈一笑,转头问苏打:"你呢?"

老萝和苏打俩人从确定关系那天起,就开始堂而皇之了,从地下革命党闹到全校皆知。老师找了家长来,俩人当着家长的面好一通山盟海誓。苏打梗着脖子说:"我就娶她了。"从此算是成了学校情侣的楷模。高考的时候,老萝成绩不大好。虽然临考前拜了佛,请了神,祈了祷,还临时抱了佛脚,但成绩依旧不尽如人意。苏打倒是成绩一直很稳定,学校前几名的大神级人物。

分数出来的时候,老萝沮丧得不行,一直嘟囔自己成绩太差,都说异地是恋爱分手的第一个信号,不知怎么办才好,眼泪噼里啪啦地掉了一筐,打透了苏打的肩膀,好像老天爷在局部降雨。结果报志愿那天,苏打拿过老萝的志愿,从头到尾抄了一遍,一字不落,最后以全校第三的成绩去了省城的一个二本。

苏打看着主持人说:"最难忘啊?大学的那次智力问答。"

大学时,老萝拽着苏打去参加了一次真人秀活动,比赛的一等奖是马尔代夫的双人游,赶巧老萝妈妈生日,老萝想参加了赢得双人游给她爸妈。俩人过五关斩六将,倒也真拿了个第一。苏打一路表现得特别勇猛，无论是参加比赛还是智力问答，简直迷倒一群少女。获奖时，主持人略微调皮说两人什么都好，就是不知道默契好不好，提个问题："上次拥抱是什么时候？"苏打卡住了，智商虽然无下限，但竟然对这件事断片了！

老萝一脸平静地走过去，认认真真地抱了苏打一下，然后说："这回知道了吗？"苏打说："嗯！前一秒。"

婚礼仪式结束的时候，主持人下来抹汗说："姑奶奶，你怎么不按常理出牌呀，后面准备的问题都接不上了。"老萝伸着舌头一笑，转头对苏打说："我以为，你能说分开的那次！"

大学毕业的时候，苏打拿到一份特别棒的 offer，地点在深圳，但是老萝工作定在了本地。苏打一脸沮丧找老萝谈："我妈已经因为我考大学的时候太任性，气得不行。总不能再惹她伤心。你能不能跟我走？"老萝不想去，工作也是好不容易找到，爸妈找了关系。苏打气结，对老萝放了狠话："你不去，就分开吧！"老萝也是执拗的脾气，说分就分，三条腿的蛤蟆不好找，两条腿的男的有什么了不起？

干脆利落得不像话，删了所有方式，俩人至此再无联络。

那段日子，我陪老萝喝遍了沈阳的酒，听朋友讲，苏打也常常醉倒在深圳的街头。

我们给老萝介绍了很多男生，老萝挑三拣四，嫌弃这个太矮，那个有啤酒肚腩，上一个已经开始地中海，下一个穿大 LOGO 的

T恤，最后一次拒绝时，理由是："这个人腹肌有八块，不行啊！"

闺密接近崩溃，抓起老萝咬牙切齿地问："你之前说的也忍了，八块腹肌还不行是什么鬼？老萝，你说，谁派你来折磨大伙的？"老萝想也没想就说："真不行啊，苏打只有六块！八块太多了。"闺密顿了顿，松了手。

苏打摸着老萝戴着的白色头纱，说："那不是记忆最深，是最难熬的。幸福的事这么多，那样的事，干吗要记得。"

去年岁尾，我们聚在一起喝酒聊天，老萝吹了五瓶1663，盘着腿坐在床上喃喃自语："怎么办？我知道没了谁这个世界看起来也不会有任何的改变。可我没办法吃饭吃得很开心，睡觉睡得很安稳，甚至连走路都能他妈的虎虎生威，带着风啊！"

我想这个世界上，真的有那么一个人，你习惯了他所有的小动作，尽管在别人看来他似乎与旁人并无两样，可在你眼里会闪闪发光。

所以啊，后来你找的人都像他。

老萝和苏打挨桌去敬酒递烟时，屏幕上正放着他们两个的视频，主题叫做：不忘初心。赚了我们这一桌几斤的眼泪。

半年前的一天，老萝突然找我们吃饭，说自己辞了职，打算去深圳找苏打，我问："你告诉苏打了吗？"她说："没有啊！去看看，破釜沉舟一把，反正也是忘不掉，还不如去看看，也算甘心。"

老萝去势汹汹，下了飞机才打电话给苏打，有些号码删了一千遍还是会烂在肚子里一辈子。苏打飞快地跑来，老萝第一句话就说："苏打，我辞职了。"苏打二话没说，拉着老萝上车回家。老萝美滋滋地跟着苏打回了家，趁着第二天苏打上班，跟警犬一样，找了一大圈，没找到任何女人的痕迹，倒是找到了苏打电脑桌上的一封还没写完的辞职信。老萝手一哆嗦，和我们发信息说："真是罪过，早知道我就挺几天，他就先回来找我了。"

那天晚上苏打下班回来，接了老萝出去吃饭，饭才吃到一半，掏出一枚钻戒说："老萝，结婚吧。"

有时候前任并非不爱，而是爱情中总有迷路的时候，最后迷路也会找到出口。世界是个圆，兜兜转转总会相遇。许志安和郑秀文22年几经周折，分分合合最终喜结连理；莫文蔚宣布嫁给自己16岁的初恋："哪怕他带着孩子也是幸福的事。"我想这就算爱情里也一定有的——念念不忘，必有回响。

我给老萝打电话说，要写一个关于前任值不值得回头的问题，能不能讲讲她的故事，她犹豫半晌说："讲倒是没问题，不过你写的时候要答应我一件事。"

"我自然不会用真名字，放心好了。"

老萝说："那倒没关系，不过你能不能写成是苏打回头来找的我。我总是后悔，那时候多挺几天就好了，现实中没找回来，故事里总能威风一把。"

其实很多时候两个人要的从来不是什么爱情，只是对方啊。

你问我爱你有多深，负十厘米代表我的心

前几天一帮码字狗聚会，信誓旦旦非要提高自我技能，于是玩起了新花样：转酒瓶，瓶口指向谁，谁就讲一个精短的爱情故事，命题是：我以为这是世界上最不可能的爱情。讲完的那个人退出酒瓶转动的环节，继续听下面其他人讲，都轮完以后，选出哪个码字狗讲的故事最没创意，那个人就喝半打酒，6瓶。

第一个被转到的是猴子，他讲了一个壁虎的故事：

小壁虎想谈恋爱，他找过一只小蜥蜴，那只小蜥蜴特别瘦，看起来可怜巴巴的。他问小蜥蜴我们能不能在一起，小蜥蜴问他会不会有好吃的。小壁虎说：会。于是他找了很多食物给那只瘦瘦的小蜥蜴吃，他把瘦瘦的蜥蜴养胖了，他却累瘦了。瘦瘦的小蜥蜴说："我们不能好了，你太瘦了，我不喜欢看起来没有安全感的爱情。"瘦瘦的小蜥蜴变成了胖蜥蜴，转身离开了。小壁虎很难过。

后来小壁虎找了一条蛇谈恋爱，蛇和他形影不离，有一天小壁虎打算跟蛇求婚，让岩石爷爷做鉴定。岩石爷爷问他们："你们是不是不论生死都愿意在一起？"蛇刚回答完"是"，忽然来了

一只老鹰。老鹰飞快地抓起蛇就要飞走，小壁虎跳上老鹰的爪子，咬了老鹰的腿。老鹰放下蛇，把注意力转向了小壁虎。小壁虎大叫："你快跑！"蛇真的跑了，爬得飞快，一转眼钻进岩石缝里消失了。

小壁虎忽然很难过，他被老鹰抓住了尾巴，下意识的他把尾巴断裂了，自己掉在了岩石壁上，也钻进了石头缝里，可并没有看见蛇，蛇真的跑了，尽管刚刚发誓生死都在一起。老鹰盘旋了一会儿，嫌弃小壁虎的尾巴，把尾巴丢在岩石上，飞走了。

小壁虎爬出来，看着自己断裂的尾巴，忽然想明白了，他觉得和自己不离不弃的只有自己的尾巴，于是他拖着残缺的身体，抱着自己断裂的尾巴离开了。从此以后，他长出了尾巴，就会让尾巴断裂，抱着尾巴入睡。他说他要和自己的尾巴谈恋爱，只有尾巴永远不会离开自己。尽管断尾很痛很痛，尽管断尾让他短命，但他很开心。

他收获了自己最想要的爱情。

第二个是秃老板，他讲了一个校园的故事。

秃老板上学那会儿，他们学校有一个传奇人物，三次轰动校园。

第一次是：他以中考状元的成绩考入学校，而秃老板他们学校并非最好的高中。很多高中向状元抛出了橄榄枝，状元却选择挑战自己，来他们学校读书，引起了校园里的一片轰动。据说他来报道时，校长亲自迎接了。即便秃老板他们学校师资力量没有那么好，状元依旧逢考必第一，在全市赫赫有名，大家都说状元上辈子一定是拯救了银河系才会这么聪明。

他以最好的成绩进了二流的高中，这是他第一次轰动全校。

第二次是：状元唯一有一次考试失败了，那就是高考。状元连一本线都没过去，校长和状元的爸妈都纷纷表示不能理解，一次又一次问状元，怎么关键时刻掉了链子，是不是身体不适？状元他们班的班主任是一个刚入职不久的女老师，手足无措地站在那儿，一脸慌张。状元半晌不说话，张开嘴吐出的第一句是：我要复读。

市里的天才要复读！这是他第二次轰动全校。

第三次是：他第二年考上了香港的某所大学，全额奖学金，他又成了学校里的新闻，秃老板他们学校建校50年，头一回有人这么出息。可更轰动的是，他宣布他要正式追求那个年轻的女班主任。尽管他们是师生关系，尽管女老师比他大了5岁，尽管他还是一个刚高中毕业的孩子。

传闻他们后来真的在一起了，而且至今仍在一起。他追求自己的老师，这是第三次轰动。

大家听完忙着问秃老板究竟是真的还是假的，秃老板特别不要脸地说，你们要同意不选我喝酒，我才告诉你们。妈的，赤裸裸的威胁，但是，我们还是没原则地同意了！

秃老板慢慢悠悠地说了真相：原来，他初中时，学习特别垃圾，于是只好找了师范学院的学生来当家教，补了整整一年的课，才把成绩搞上去。状元那时候最盼望的事就是自己的女神老师来给自己上课,最大的动力就是学习好一点让女神开心。而那个补课的师范学院大学生就是他后来的班主任。所以他考了全市第一,却去了不太好的高中,因为女神老师毕业去了那所高中。班主任有顾虑,不同意他追求自己,他索性放弃高考,留在学校当学生陪着班主任。

在他们恋爱以前,他已经爱了她整整六年。故事是真的。

一圈故事讲下来后,轮到了小摩羯,一个科幻题材的脑洞型码字狗,他讲了一个学渣爱上学霸的故事。

何仙姑是他们班的女神,虽然他们班其他姑娘都歪瓜裂枣,但每次他们班男孩出去和其他班级男孩说起哪个班姑娘漂亮时,一个何仙姑就足以让他们挺起胸膛。但何仙姑有一个毛病,是个大舌头,说话特别费劲,即便配上那张美若天仙的脸,依旧没办法让人觉得是口吐莲花。所以班里男同学都私下说:"我们何仙姑啊,沉默不语时硬了一排,只要一开口说话立刻软了下来。"

当然这种话,何仙姑在当年还听不懂。

初二时,班里转来一个男孩,男孩唯唯诺诺不说,关键是个子矮,刚刚到何仙姑肩膀却莫名其妙被老师安排成了何仙姑的同桌,也因此,他初来乍到就成了全班所有男生的假想敌,被群起而攻之。"明明是大家的何仙姑,一转身成了你的同桌,妈的,不合理,抗议,抵制他!小鸡崽子,霸占女神!"所以那个一脸茫然的男孩在到学校的第一年,都是一个人去食堂,一个人去厕所,别说踢球、打篮球了,他连个回家的伴儿都没有。

他们学校是初、高中连读,两个人当了六年的同桌。何仙姑越来越仙女了,不知道什么时候人品悄然爆发,就连曾经诡异的口音都变得悦耳了,原来只能看脸的何大舌头,如今竟然出落得大方得体,就差上台拿个快板来一段儿了。这一下,男同学们更不平衡了,何仙姑都已经长成身高一米七八的大模特了,凭啥同桌还是那个小哈比族,而且一坐就是六年!大家不敢找老师抗议,只好私下羞辱男孩,给他起名:小趴趴。

不知道小趴趴给何仙姑灌了什么迷魂汤,何仙姑每一次看见小趴趴挨欺负,都要帮着小趴趴说两句。气得班里的男孩直跳脚,有些小心眼儿的,甚至临睡前都要诅咒一遍:上帝,耶稣,观世音菩萨,如来佛祖啊!希望你们保佑,小趴趴永远不到一米七,何仙姑是我的,晚安!不知道是不是诅咒有用,小趴趴真的被大家的怨念压住了身高,直至毕业,身高也没超过一米七。

高中毕业时,全班组织去大连旅行,一堆人花钱办了一场篝火晚会,到最后玩起了俗套的国王游戏,抽到国王的人站出来随便指定其他的牌做任何动作。第一把何仙姑就抽到了国王,跑过去看小趴趴手中的牌是黑桃 Q,然后站在篝火旁说:"黑桃 Q 和国王表白,并且要说你愿不愿意和我在一起。"

大家都傻了,怎么不按套路出牌?有同学刚叫嚣:"游戏规则不对呀!"小趴趴竟然真的拿着黑桃 Q,朝着国王何仙姑走去,他走到何仙姑身边,把只到何仙姑肩膀的头抬得特别高,对何仙姑说："你愿不愿意和我在一起？"何仙姑没有低头，她把膝盖弯了下去，平视着小趴趴说："我愿意。"说完真的拉起小趴趴的手，"你和我表白的，你没机会反悔了。"

大家听到这时七嘴八舌地问结果，小摩羯说还在一起啊。我们纷纷表示这是最没创意的故事，让小摩羯赶紧去喝酒。不过就是矮个子男孩找了个高个子的漂亮姑娘，算什么不可能的爱情嘛。去瞧瞧潘长江，再去瞧瞧王祖蓝，哪个不是这种组合，都过得很好啊。故事差评！

小摩羯露出一种蒙娜丽莎的神秘微笑，拿起酒就开始吹瓶。

后来那天晚上，小摩羯喝得酩酊大醉，我和另外一位朋友送他回家，一路上吐了很多次，扶树也吐，蹲墙脚也吐，吐了我那个朋友一鞋，气得我朋友大骂小摩羯是冤家。好不容易把他扶到家里楼下，他却说死也不肯上去，非要抽根烟，醒醒酒，还扬言说女朋友一定在家等他，这样上楼，会担心的。

这一根烟的工夫，他和我们俩说了很多话。

那个很矮的小趴趴第一天到新班级就喜欢上了何仙姑，尽管他知道自己配不上何仙姑，但是他这几年最感谢的人是班主任，因为班主任把他安排成何仙姑的同桌。

那个被欺负的小趴趴每晚放学都陪着何仙姑去后面的公园练发音和吐字，他鼓励何仙姑开口说话，还把一块石头含在嘴里陪着何仙姑聊天，舌头磨起泡了，磨出血了，都没放弃，尽管他并不大舌头。在他这么做的一周后，何仙姑也开始照做了。

那个被孤立的小趴趴不吃午饭，把钱省下来买了许多播音主持的磁带，在那个公园一遍一遍地放给何仙姑听。以至于后来每一盘磁带，他几乎都能倒背如流。

那个透明的小趴趴从来没有奢望过能和女孩在一起，他只是想守护这六年，帮何仙姑变得更好。何仙姑是仙女，仙女是需要卫兵的。

那个沉默寡言的小趴趴这六年的生日许的都是同一个愿望，希望同桌别被调换，他愿意用永远比女孩矮十厘米的身高来交换这个梦想。

何仙姑在玩国王游戏时提出的要求让那个小趴趴吓了一跳，可他愿意站起来的原因是他真的想对何仙姑表白一次，哪怕是在游戏里也好，一次就好。

小摩羯抽完那根烟，把烟蒂扔在地上，用脚尖踩了踩，特认真地说："其实我的命题最精准啊，因为那个小趴趴就是我啊，这就是我曾经六年都一直以为不可能的爱情啊。"我和朋友有点怔，他指了指楼上说："我走了啊，谢了，何仙姑等我回家呢。"说完转身就走。

这世界上有太多不可能的爱情，可它们却都无缝连接地发生了，因为有爱，一切都变得很可能。

真好，你还活在我的朋友圈

我素来害怕和一群半生不熟的人一起吃饭，正襟危坐并充斥着尴尬，腼腆到就连吃菜都只肯夹自己面前的那一道。可这一次吃饭却出奇地热闹，原因是桌上有人提了一个很有共鸣的话题："你们最讨厌朋友圈中的哪些人？"

这个问题像一枚鱼雷投入平静的海面，瞬间炸起一片啧啧惊叹的浪潮。

靠窗位置的大肚男生先接道："自拍必发九张的。嘴唇往左一撇是一张，嘴唇向右一嘟又是一张，明明都是差不多的照片。还要发文字说明：你若安好，就是晴天。"

他左边的栗色长卷发点头说："嗯！还有晒孩子的。一点开，小视频发了一连串。还写着：纪念宝宝会笑了。我的天！这种事也要纪念？"

对面的金丝边眼镜拍手称快："可不是嘛，我还讨厌每天转各种心灵鸡汤的。朋友圈翻过去一看，好像毕业论文的文件夹。"

穿牛仔裙的女孩也插入了话题："没错！还有那种天天发砍价

活动，征集点赞的。就算她不群发让我帮忙我也觉得LOW，拉低朋友圈档次。"

"对！代购我可以忍，人家毕竟是工作。但是一天吃饭必须晒出来的，真是够了。这种人如果哪天他没发，你知道为什么吗？因为吃的是昨天的剩饭啊。还有发'不转不是中国人''这些常识你必须知道''十大高几率得癌症的可能性'。天哪，我们朋友圈竟然都有这样的人！"

大家议论纷纷，打开了话匣。

这次吃饭持续到饭店打烊，大家依旧兴致高涨。各自散去时，就连我也隐隐觉得遗憾。没有同他们侃侃而谈是因为我不善于同不熟悉的人讲话，但显然他们所说的引起了我的共鸣。

我回家和家人把这次饭局描述得绘声绘色。

抬起食指，点着我姐说："你看，你就是那个去哪玩都要刷屏，照片发满九张都不罢手的人！实践证明大家有多讨厌这样的行为，你以后要注意啦。"

我姐倒显得漫不经心，同姐夫摇了摇头说："他们这一代人。戾气多重，满身尖锐。"我表示不服，这怎么是戾气重，这明明是约束自己的行为表象以便提高自己的品位。

她看着我说："你小时候，妈给你买了新衣服，你哪次不是满心欢喜，连跑带跳地穿出去，绕着整个院子转，要邻居夸你好看。你拿了演讲比赛的第一名，妈在大院子里扇了一晚上的蒲扇，逢人便聊上两句，讲你争气，比赛得了奖。爸爸喜欢给你买书，整个院子里，只有咱们家有满满一柜子的书，排列得整整齐齐。你不是总愿意带着其他孩子回家，给他们讲，这本是《格列佛游记》，那本是《小王子》吗？就连奶奶做了排骨，你吃完都要出去说一句：'我奶今天做了排骨。'"

是啊，那个年代没有朋友圈，但有邻居，有共同生活的大院。彼此在生活中不也是在分享吗？如今你能叫得出来你楼上的名字，还是能够随便去楼下吃一顿晚饭？你有什么想要分享的喜悦，能隔着一个小时的车程跑去北四环分享给好朋友看，然后再坐地铁到东二环给另一位朋友看的吗？

曾经的大院不就是现在的朋友圈？

能接受大院的摇椅为什么不能接受朋友圈的九张照片？

可当时，我依旧对她的话不以为然。

直到班长结婚，也算是毕业后的同学聚会。我一面期待着和老同学见见面，一面又犹豫大家太久没见不知道会不会生疏，带着忐忑的心情去参加了这次婚宴。

而同班的女孩刚见面就热情地和我说："六，上周你朋友圈推荐的那本书真好看。我熬夜看完简直要哭瞎了。"一瞬间，天南海北许久未见的顾虑烟消云散了，就着那本书的故事情节，我们聊了好半天。

后来和我一个寝室的女孩到了，我负责去接她。上学那会儿，倒是很亲密。可毕业以后，我们联络不多，不过是逢年过节送祝福的频率。出机场时，风很大，她缩了缩肩膀连忙跑上车，嗲嗔地说："怎么这么冷啊！"我瞥了她一眼，"你都知道自己感冒啦。还穿这么少，嘚瑟吧！把外套系上。"

脱口而出的瞬间，我恍然意识到：我知道她感冒是因为昨天刷到她抱怨头痛流鼻涕的朋友圈啊！我还在下面留言，告诉她来的时候多穿一点，天气有点凉。她还回复了一个抱抱的表情。

那场婚宴丝毫没有任何生疏感，彼此许久未见的老同学，实际上在朋友圈里却天天见面。

"戾气太重"这句评价说得真对，实在反感手动屏蔽就是了。明明自己可以规避的问题，为什么要让自己讨厌朋友圈？

你能毫无声息，不用寒暄地通过朋友圈了解一个人的生活是一件多幸福的事；能有个地方，丝毫不费力气和熟人分享自己的喜怒哀乐是一件多么幸运的事。

你也有那种朋友吧，曾经亲密无间，如今许久不见，彼此没了交集。你在想她的时候，可以去翻翻她的朋友圈，看看她过得好不好，又不用时常联络，避免说两句话不知道下一句应该讲些什么的尴尬，不好吗？

你也会有喜欢的人吧，你因为已经跟他分开或者从未在一起而没办法了解他的生活、他的世界，你没理由没资格跑去问他。

可你默默地翻着他的朋友圈就会发现，他昨天去打了球；前天在加班，夜里一点还没睡，真巧，你也是。

你也会有敬仰的前辈或者无意之中加了大神一样的人物吧？可是你根本不敢和他说话，也不会和他闲聊。你崇拜他，崇拜他的生活。通过朋友圈知道他每天工作多久，分享了什么干货，参加了什么会。

我无论加了谁，第一反应就是去翻他的朋友圈，对于一个陌生人很大一部分的性格，在朋友圈里会体现得淋漓尽致。

所以啊，何必要用满满的恶意去指责别人的朋友圈。应该感到很幸运，无论我是喜欢你，还是崇拜你、敬畏你，我都能知道你的近况，了解你的信息，而又可以不必打扰到你。

如果你们觉得，好朋友当然喜欢看啊，可很多人明明就是不想加，过意不去加上了又很反感看见他在朋友圈里秀晒炫。那不更好吗？曾经的QQ空间踩踩，人人网翻翻都会有最近访客显示，朋友圈又不用。

你只需要和好朋友在一起时，不动声色地把他翻出来，点开朋友圈给朋友分享："你自己看啊，这就是我和你说的傻×。"

想和你谈个单纯的小恋爱

▲

她一直很兴奋，她握着咖啡杯的手是滚烫的，比杯子里的咖啡还要沸腾；脸色是燥热的，胜过夏末回暖的阳光。因为有一件大事发生，她要和刚刚确认关系的男朋友见面，以前只不过远远地在一个 party 上互相瞭望过一眼。不过是很久以前的事了，那还是刚入冬的气候，如今一个盛夏都过去了。那时候的她还只是披散到肩颈的短发，脸也没有现在这么圆。

她和他都被人莫名其妙地拉进了一个红包群。她快速地扫了一遍群里有谁在，然后按照群主提出的标准发了一个红包，说好抢最少的那个人继续发。她连续又抢了两个最少的，发到第三个时，这股水逆的风终于转移了，转移到他的头上，他竟然连续抢了五个最少的。可是这个没长心的人发完了那五个，在群里说了晚安以后，又发了一个大包。让群里有三个愿意捡便宜的夜猫子倒是兴奋了很久，似乎这一周的午餐费都出来了。

那天晚上，他说了"晚安"之后，她却在她的微信好友申请里发现了他的名字。

她其实做了充足的准备，为此趁着下班时，转了两趟地铁去逛街，一直走了三个商场才买到心满意足的裙子，导购小姐连连夸她穿上气质很好，显得肤色白。她面无表情地指挥着："好，包上吧。"实际上心里已经点了几次头："嗯，我自己也这么觉得，确实挺好看。"她暗暗地说。

为了搭配这条裙子，她还去买了一双新款的高跟鞋，很小众的牌子，一线的她买不起，一个月那点工资又要交房租，还要过日子，剩不下多少。所以她都挑选这种品牌，名牌商场里地下负一层的牌子，轻奢。

跑了一大圈，她回家敷了一张面膜，总要好看一点才行的，她深信没有男生会不喜欢好看的姑娘。如果她的头像照片没有那个深酒窝，可能他也不会加她微信。

他们之前聊天时说，彼此都好久没谈恋爱了。莫名其妙互相比起谁更孤独，结果竟吐槽到天亮，热火朝天。

比如他说：去看电影啊，就一个人，好惨的，两边坐的都是情侣，自己坐在那儿尴尬死了。

比如她说：是啊是啊，我去吃火锅，海底捞给我放了一个大号的毛绒玩具，结果全部饭客都侧目啊，还不如不放呢。

比如他说：还有过节啦，永远是自己跟一群情侣过节，真是活活当了很多年的电灯泡和单身狗。

比如她说：麦当劳出了麦旋风半价，她买了一个，觉得好亏哦，可买了半价的第二个觉得更亏呢，因为根本吃不完啊。

天亮时，他们两个似乎被升起的太阳唤醒了费洛蒙，于是彼此说着：那我们要不要试试看，把之前觉得孤独的事情两个人做一遍啊？

所以，他们制定了计划，见面后都要做什么。

他们说：从现在这一刻起，我们互相和对方道一句早安、晚安吧。成为彼此睁开眼睛第一个想到的人和临睡前最后一个说话的人。毕竟每一句晚安都是我爱你啊，这么多年没讲过的情话就请都弥补给彼此吧。

他们说：应该拥抱一分钟才对，毕竟拥抱异性这件事，已经太久没做过了，似乎完全想不到是什么样的一种感受。就环着对方的腰，靠在对方的肩膀上好好怀念一下，就一分钟，贪婪地记住这一刻。因为一旦分开，下一次拥抱谁知道要隔多久。

他们说：去麦当劳买第二杯半价的麦旋风，然后带去电影院看一场爱情电影。要买爆米花的双人套餐，如果有情侣座就选情侣座。平时一个人的时候每一次不只是麦旋风，就连套餐里的两杯可乐也喝不完。

他们说：去KTV把所有的情歌对唱通通唱一遍，除了莫文蔚的《广岛之恋》，毕竟那首歌有传说，说唱了很容易分。跑调也没有什么关系，主要是从来没有和情人情歌对唱，那叫什么情歌嘛，名不副实。

他们说：换情侣头像吧，你的头像是你家的那只猫，我就换成猫粮好啦；你如果还想用旋涡鸣人，那我就用小樱啊；或者我们把它改成单纯的一白一黑。除了曾经用 QQ 的时候做过这种事，似乎再也没做过了呢。

他们说：还要一同发一条状态啊。你如果发"我们恋爱吧"，我就发一个"嗯"。再或者你发我最喜欢的东野圭吾，说"你喜欢的，现在也是我的"，我就发你最爱的赤木晴子，也和你说同样的话，应该会有有心的人发现啊，又不那么夸张。很想体验一次呢。

他们说：两个人手牵着手从夕阳西下走到月挂枝头，从交通拥挤走到夜深人静，从主干马路走到曲径通幽。有多久没有牵着一个人的手，就这么一直走，看一切能看的风景，有一搭无一搭地说两句话。很久了吧？嗯。

他们说了很多计划。唯独没人说做爱。也许怕太快吧，好不容易找到一个人，一切都想慢慢来。但其实逛街时，她买了一套精致的内衣，她是一个很细心的人，做事从来都是不怕一万就怕万一。

可今天见了面，他们都很紧张，原来说好的计划一件也没实现，冷场了五分钟后，他先说："饿吗？要么先吃顿饭吧。"她点点头，没讲话，一步一步地跟在他身后。

只不过吃了一顿饭，多喝了两杯酒，就趴在一起聊天，像在微信聊天那样从天黑聊到了天亮，连衣服都没脱地聊天，单纯地聊天。

讲他们的那些计划，彼此嘲笑刚刚的拘谨和没见过世面，又不是不认识的人，干吗都生疏到说好的事情一件也没实现。

她俯身亲了他一下，又转了回来，感慨一句："认识你，真的很好啊。至少这样的话，证明我们都不是老油条吧。"

他嘿嘿一笑说："嗯，也很奇怪，就这样和你在一起什么也不干，我竟然也很开心啊。"

就这么睡了一晚。什么狗屁计划，计划哪有变化快。没做计划也没做爱，就让一切都明天见吧。

其实，我们见面做的每一件事都是做爱啊，因为没爱什么也不会一起做的。

是吧？

一台永远满格电的行车记录仪

　　Fred 最常和我抱怨的是："你说我老婆的记忆力怎么那么好，连我三年前跟哪个姑娘聊天儿她都能记得住人家网名。按照这道理，她当初能考上清华才对啊！怎么跑我们学校来了，还顺道拐跑了我？"

　　Fred 的老婆是我们公认的迷糊小姐。我在北京闲来无事，给她发微信怂恿她来京城同我私会，结果她买了南站的高铁票，却跑去北站坐车。摇头晃脑在高铁站对面的咖啡馆坐了小半个点儿，结果临检票傻了眼，只得原路返回，一面痛心疾首地骂火车票上字太小，一面名正言顺地放我鸽子。

　　可 Fred 却说他老婆就是一个行车记录仪，别说路面儿上的红绿灯都能记住，就连刚过去那辆车里开车的姑娘胸有多大，都看得一清二楚。他恨不得拿着算盘跟我吐口水：

　　"大大前年，公司来了一个前台，对我有那么一点盲目崇拜。没事总半夜给我发信息，跟我说句晚安，上班的时候带一份爱心早点。地道战还没持续半个月，就被她发现了。我发誓啊！我们俩可什么事也没干。结果前几天她吵架还张口就来，'我告诉你，

我可记得呢！那年，那个小前台！'

"大前年，公司忙，我一天晕头转向的，哪记得什么她生日。正好赶上我出差，忘了给她打电话。这回来就炸了，夺命连环call。哪年过生日我都不敢再忘了，恨不得买俩礼物。但她还是总能想起来，一言不合就张嘴埋怨：'你忘了我过生日你连个信儿都没有的事了？你还好意思跟我理直气壮！'

"再说前年，我上学时的女神来了，我可不得表示一下，请人家吃个饭，尽尽地主之谊？她知道那是我女神，我就没敢告诉她是跟谁吃饭。结果我女神也是够呛，好像是来砸场子的，还私下里邀请她了，她也没和我说。结果我们俩在饭桌上碰见的！这可好嘛，回家开始质问我，就没停过！

"剩下的，什么哪年我跟哪个姑娘搭了个话啊，哪次没陪她看电影啊，哪一回惹她不高兴了，全都记得清清楚楚。你说说她是不是没事找事？这日子我还跟她过吗？"

我和 Fred 老婆关系不错，那也是个顶尖的美女，大眼睛一眨一眨的，人也特别水灵。平时说起 Fred，虽然都是抱怨的语气，但是满满的甜蜜啊。他们俩这点事我听她老婆说了多少遍了，几乎倒着也能背下来。

我向 Fred 一顿点头，表示同意，我说："我也觉得，你老婆啊，真的是记忆力超级好。" Fred 一副看见志同道合革命伙伴的模样。

我接着说："你举的例子还是不够充分，我再给你举几个，坐实一下你老婆记忆力好的事实。

"你看,你爸过生日,你老婆提前一个月就开始准备。那会儿咱们一起吃饭,她和你提起来,你都忘了你爸要过生日的事。你老婆准备了吃的,买了礼品。你爸有糖尿病并发症,能吃什么不能吃什么,医生在医院里交代了一遍,你那没考上清华的老婆都记住了。每次拿东西过去,每次打电话给家里的护工,我都听见她要叨叨一遍,让人家注意一点。你老婆记忆力多好啊!

"还有一回你在饭桌上跟我们吹牛说最美的人生就是周六的时候睡到太阳能晒屁股,自然醒,然后爬起来,桌上就摆着铁西的那家生煎,喝一瓶冰镇的可乐,打一个饱嗝。结果你三周加班,第四周,你吹过的牛你都忘了,你老婆在你休息的周六,掐准时间跑去铁西给你买了一盒生煎,冰箱里冰着一箱的可乐。你老婆记忆力不好吗?

"你还没辞职创业那年,你们单位晋升考试,那都是实打实需要背的。你说看见字头疼,你老婆一页一页地念给你听。到最后,你考试过了,你老婆也已经可以倒背如流了,闭着眼睛也知道第几页的第几行是个什么问题。那些题枯燥又难背,我看一眼就没兴趣,她能从头捺着性子陪你读到尾,还能念完,而且都背下来了,你说她记忆力好不好?

"你们家这些亲戚,谁有什么事,谁家里缺什么东西,喜欢什么类型,哪个要过寿,哪一个生病了住在哪儿,她都记得一清二楚。还有你,你喜欢蓝色,爱穿 POLO 衫,喜欢吃辣的甜的,从来不吃葱花，夏天好喝两杯，没事在家哼歌都是陈奕迅的，只要晚上7点在家必看新闻联播，没事爱看个球，喜欢德国队。这些你老婆和我说了无数遍，我都背下来了，你说你老婆记性好不好？"

Fred一愣，讪讪地笑了，来了一句："我回家了啊，晚了。"

我猜，他一定是回家找那位让他抱怨的好记性的老婆去了。

女孩的记忆力好坏，绝对不取决于智商，而取决于她有没有在心里把你当回事。如果真的在乎你、爱你，你说的每一句话，哪怕是一句玩笑话，她都会牢牢记在心里；如果不爱你，你说了一千遍你不爱吃烤肉，下回她说请你吃饭，还是会把你领到烤肉摊儿前面。

我们班长找了个女朋友，就是这种记忆力好的姑娘。每次都竖起耳朵听我们讲以前的那些事，牢牢记住提过的哪个人，还有那些奇葩的故事和经历。她虽然没参与过和班长共同大学的过去，可见几次面后，却也能一起聊天不尴尬。

他一点也没嫌弃女友八卦，笑着说："这说明她在乎我啊，想融入我的圈子，所以才会留心和我有关系的事。我的过去她没来得及参与，总要弥补一点是一点。"

她女友做得也很棒，就连我们一起去学校门口的豆皮儿摊，装模作样地追忆曾经的似水年华，她都知道。还知道班长喜欢吃的是门口老太太卖的那个不蘸酱的、酸甜口的，尽管那是班长十几年前的口味儿，尽管她之前不曾同班长来吃过一次，尽管她都

242

是通过我们聊天记住的。

有一起去的小伙伴逗她:"超能大脑,还记得什么呀?"

她笑眯眯地把豆皮儿递给班长,一边说:"豆皮儿是学校门口第二家推车的,不蘸酱,酸甜口的;担担面是右面那家招牌带红色标志的,不吃牛筋面,不放香菜葱花,多放辣椒;珍珠奶茶要哈密瓜味的,多放一勺奶,做得要快,因为他都是12点半才来吃饭,前面半个小时贡献给了足球。"

虽然她也会把我们调侃班长曾经追姑娘的那些事记在心里,牢牢看着他,没事翻一次小旧账;虽然她也因为班长记不住什么事粗心马虎假装生气,和班长摆摆脸色;虽然她也容易打翻了醋坛子,听说班长追过班花,每次我们聚会都要问一句:"有班花吗?"

可班长从来不生气,都是笑嘻嘻地哄着她。因为他懂得那个浅显却真挚的道理——在乎一个人,才会在乎他所有的细节,才会害怕他和别人有什么联系,才会怕失去他。

Fred 的老婆也是,班长的女友亦是如此。

我知道的那些可爱的姑娘,无一不是,每次一提吃饭,张口第一句话是:"你爱吃辣的,我们去吃川菜啊!"她记得你爱吃的每一种的口味,却似乎记不得自己更喜欢清淡的和甜食;每次临近过生日,过纪念日,过节日,偷偷攒了几个月的薪水想送你一个惊喜,却似乎记不得这些钱足够买自己心心念念了几个月的包包;每次你生病,她记得哪一种药该如何吃,还会记得每一个你所在城市的天气，叮嘱你天凉加衣，却似乎记不得自己这边下了大雨，结果在公司门口被淋成落汤鸡。

我想，如果再有男生和我抱怨，女友的记忆力怎么会好得像电脑数据一样。我一定会让他想一想，那些女友担心他、挂念他、细心为他做一切事情的时刻。

女友的大脑是不是真的比电脑还要牛？是不是像一台永远满格电的行车记录仪——记录着他的一切生活，心情，语言，喜好和爱？

不会 care 那些奇怪的理由，我只在乎你

我这辈子活到现在听过最好的一句表白是：I'll try anything once。译成中文是"人生苦短，何妨一试"。来自 The Jerry Springer Show。

我在一个社交软件上看到一个话题："你最喜欢的一句台词是哪一句？"有一个网名很好听的人留下了这一句，并且标明了出处。于是我特意翻出来看。

那是一档关于"通俗"内容的脱口秀类节目，在 90 年代末收视率曾经一度超过奥普拉脱口秀。这一期，一个穿着蓝色 POLO 衫的男孩叙述："我今天来到节目里，就是为了要见那位让我魂牵梦萦的姑娘。我和她在网上聊了很久，我一直在攒钱想着能去见她一面。"

主持人问他："你们就是在网上来往吗？"

蓝 POLO 特别真诚地说："是啊，我们在 My Space 上认识的。她很漂亮，身材高挑又苗条，一头红色的头发，总之真的非常非常漂亮。"

主持人又说："我们不如这样。你从来都没见过她，你确定

是吧？"

蓝 POLO 坚定地回答："从来没有。"

主持人说："那我希望你可以先离开一下，然后一会儿我们一起见证你们的相会，这也许会是你人生中一个特别美妙的时刻。你觉得可以吗？"

蓝 POLO 很干脆地同意了。

主持人把蓝 POLO 的梦中情人请出来，那是一个穿着黄色针织衫的年轻人，真的又瘦又高挑，主持人问："你喜欢那个人吗？刚刚说你漂亮的那个人。"

黄色针织衫说："他很可爱，而且从他给我发的消息能看得出他人很好，但是我有一个秘密并没有告诉他。"

主持人问："什么秘密？"

黄色针织衫说："我是一个男孩。"

主持人用一种诙谐幽默的语气讲："我已经跟他说好了，让他现在出来，也许你们的见面会有点戏剧化。"

蓝色 POLO 衫出场后非常开心地说："终于见到你，这简直太棒了，你愿意做我的女朋友吗？"

黄色针织衫说："好吧，不过我得告诉你，我是个男人。"

那一瞬间，蓝色 POLO 衫的特写镜头——整个人完全呆掉。自己心心念念了很久的女神竟然是一个男人！可是也只是三秒而已，随即就说了这句最美的告白：I'll try anything once。

这一期节目的结局是，他抱着他的"女神"拥吻，观众们疯狂地喝彩，我看完有想哭的冲动。

这是一个特别直接又美好的道理：我爱的就是你，高矮没关系，你胖了瘦了也都没问题，长头发短头发都很漂亮，性格乖张或者是冷淡少女也没什么，哪怕性别我都不介意。我介意的只有你，我喜欢的这个人。

圈子里的一段曲折爱情，说起曲折，是因为男生很挑剔，从来没有人想过他会结婚，可他真的就要结婚了。

张丁是投行男，身材略胖，但很会打扮，每天人模狗样地四处瞎晃，泡妹高手，开着一辆还不错的车，跟对面的姑娘聊人生能说两个小时不重复，逗得人家花枝乱颤。父母急着抱孙子，给他介绍了一摞姑娘。但他呀，就没缺过姑娘。

我们出来吃饭 20 次，大约能看见 19 个不同的姑娘。我们总指着他说："胖丁，你这样容易被一个女人伤心伤到孤独终老，要遭报应的。"

他一脸无所谓："我还不知道什么叫'被姑娘伤过心'，体验一回也不错啊。"臭屁又嚣张。

我们问他："到底什么样的算是你女神啊？"

张丁对他的那套说辞倒背如流："首先，原装的，整过容的不行，我怕影响下一代；其次长发披肩，短头发的姑娘我不喜欢；再次性格得好，脾气差的我受不了，我这人性格开朗，活泼大方，我得找能和我玩到一块儿的；最后，学历、家庭条件都得过得去，差得太远，价值观不同，未来摩擦太多，麻烦。"

你们听，这是不是个事儿精？

这个事儿精，欧洲杯一起看球时，又带来一位姑娘，那副贱兮兮的模样频频给人家献殷勤，一会儿拿小吃，两会儿递酒瓶，不时贴着耳边耳语，姑娘乐得合不拢嘴。他给我们几个介绍了一下姑娘，我们没一个人当回事，反正下次又是不一样的人，记她干吗，没意义。

姑娘皮肤不白皙，有点黑，不过小下巴倒是尖尖的，有两个小酒窝，笑起来挺撩人。临走的时候，姑娘和我们摆摆手，我们也敷衍过去了，姑娘说了一句："再见啊。"我们回："再见，再见。"心里想的是：得了，您哪。咱们估计是再也见不到了。

没过几天，约了胖丁吃饭，胖丁又领着尖下巴姑娘来了。吓了我们一跳，还真的见了第二面。吃饭时，我偷偷问坐在边上的Fred："你看，胖丁的姑娘眼睛是不是不太对劲儿，怎么左眼看着特灵动，右边特别没神呢？"Fred也偷偷回答："是啊，我刚才就发现了。"

饭局结束，我们偷偷私下八卦才知道。姑娘的眼睛因为整容失败出了一点小问题，一只眼睛视力接近零。听完真相，我们几个都是大写的惊呆。"啥？胖丁！口口声声哭着喊着要找天然美女的胖丁，找了一位整容的，而且还失败了？天哪，这还是那个挑三拣四的胖丁吗？"

在那个月的月末，我们约打球，胖丁又把姑娘带来了，我们才意识到，这回这位姑娘可能真的不是以前走马观花的那种了。晚上吃饭是特偏远的农家院，喝酒的时候，胖丁一口不动，我们好奇："咋不喝了？"

胖丁说："一会儿得开车呢。"

有人问："妹子能开不？能开让妹子开。这不喝酒哪行啊！"

胖丁大胖手一挥："不行！她近视，不能让她开车，不安全。这偏僻不好找代驾，下回咱们回市里聚，我再把酒补上。"

再后来，我们听过好多这姑娘的小道消息，每一条蹦出来都让我们连连咋舌。

比如：她高中毕业就不上学了，出去玩了好几年，最后回归故里开了间小店。

比如：姑娘家里三个孩子，除了她以外，还有俩弟弟，爹一直在为了弟弟的房子努力奔波，根本没工夫顾上她。

比如：她把头发剪短了，染成了灰色。

胖丁他妈可气坏了。家里苦心安排的所有相亲，都是按照他说的标准来的，自己在家做梦儿媳妇想了千遍万遍，也没想过最后胖丁推翻了自己的全部理论，找了一个和他说的全都不搭边的姑娘呀！

胖丁对他妈说："重点在于价值观是否一致，我们俩聊得来，她说天气好，天气热，我都觉得有共鸣。也真是奇怪，那些破电视剧我平时看一眼都觉得烦，怎么跟她在一起，看着就觉得挺有意思呢？妈，就她了，不换了！"

胖丁用自己神反转的择偶观告诉普罗大众一个硬道理，他挑剔你东，挑剔你西，挑剔来挑剔去，终归是不够喜欢你。所以，别人看你走路翩翩，他说你外八字；别人说看你吃饭有食欲，他说你狼吞虎咽不矜持；别人说你风趣幽默可爱极了，他说你爱开玩笑不端庄；你连呼吸都要因为吐出去的全都是二氧化碳而大错特错。

如果有一天，你光着脚，赖在家里，跟他说，你不想出门，不想打扫卫生，不想做饭。他看着你，目光温柔，宠溺地说，就是喜欢你这股懒洋洋的样子。

赶紧回家拿户口本嫁了吧。

图书在版编目（CIP）数据

好好说再见/狄仁六著．—北京：人民文学出版社，2017
ISBN 978-7-02-012558-6

I.①好… II.①狄… III.①散文集—中国—当代 IV.①I267

中国版本图书馆CIP数据核字（2017）第054928号

责任编辑	徐子苘
责任印制	苏文强

出版发行	人民文学出版社
社　　址	北京市朝内大街166号
邮政编码	100705
网　　址	http://www.rw-cn.com
印　　刷	北京瑞禾彩色印刷有限公司
经　　销	全国新华书店等
字　　数	150千字
开　　本	880毫米×1230毫米　1/32
印　　张	8.375
版　　次	2017年5月北京第1版
印　　次	2017年5月第1次印刷
书　　号	978-7-02-012558-6
定　　价	42.00元

如有印装质量问题，请与本社图书销售中心调换。电话：010-65233595